# IK
# OOK VAN
# JOU

Ronald Giphart

# Ik ook van jou

Nijgh & Van Ditmar
Amsterdam 2007

Eerste druk 1992
Drieëntwintigste druk 2007


Omslagontwerp Studio Ron van Roon, Amsterdam
Foto omslag Alan David-Tu
Typografie Josepha Hulskes
Foto auteur Eric van den Elsen
NUR 301 / ISBN 978 90 388 2733 9

Marijke,

De afgelopen dagen heeft Fräser almaar aan mijn kop gezeurd dat we er toch echt een keer uit moeten, Ronald. Een hele mooie, lange zomer hard werken: dat slaat nergens op. In een moment van onbedachtzaamheid zeg ik dat Fräser misschien wel gelijk heeft. Dit had ik beter niet kunnen zeggen. Onmiddellijk staat Fräser, met zijn paspoort in zijn handen, te roepen dat ik nu niet meer terug kan. Ik zucht. Fräser en ik overleggen.

We gaan niet.

We gaan echt niet.

We gaan toch.

De grap van mijn leven is dat nooit iets gaat zoals ik denk dat het zal gaan. Ik wist zeker dat ik het niet vol zou houden nu eindelijk eens een paar maanden onafgebroken te werken aan mijn boek over Reza, en de grap is dat ik dat inderdaad niet volhoud. Ik ga met Fräser op stel en sprong naar de Dordogne, voornamelijk omdat Fräser dat zo mooi vindt klinken, Dorrrdogne.

Samarinde, Fräsers grote verovering, staat met haar rug geleund tegen de kleine Suzuki en kijkt over haar schouder hoe Fräser en ik onze vlug bij elkaar gegrabbelde spullen in de kattebak laden. Op het moment dat we kunnen vertrekken bedenkt Fräser zich en hij rent schreeuwend het huis in om nog iets heel belangrijks te halen. Ik leun naast Samarinde.

'Ik wou dat ik mee kon,' zegt ze, 'Frankrijk onveilig maken.' In haar banale intonatie hoor ik de stem van Fräser. 'Jullie gaan toch nog wel naar Parijs, hè?'

'Zullen wij met z'n tweeën nu in de auto stappen en naar Parijs gaan?' zeg ik. 'Nu?'

'Jaa! Laten we het doen. Laten we het gewoon doen. Naar Parijs!' zegt ze en ze denkt er even over na: 'Als ik morgen niet in de zaak hoefde te staan had ik het gedaan. Echt!'

'Saillant detail,' zegt Fräser, terwijl hij een blocnote op de achterbank werpt. Hij draait het raampje van zijn portier omlaag en wenkt Samarinde bij zich. Ze bukt zich voorover en kust Fräser ongemakkelijk. Fräser zegt: 'Eeuwig beminde, vaarwel.'

'Dag Eddy,' zegt Samarinde. Ze geeft twee klapjes op het dak van de Suzuki.

'Muziek!' roept Fräser, 'laten we deze verlepte arbeidersbuurt op gepaste wijze verlaten.' Hij rommelt in het dashboardkastje. 'Goddomme, mijn moeder heeft hier altijd bergen opera liggen, maar nu liggen er alleen maar acid-bandjes van m'n broertjes.'

Fräser start de motor en alsof God dan toch bestaat begint de radio het Wilhelmus te spelen. Bijna juichend zet Fräser het geluid op het maximumvolume en wurmt hij zijn bovenlijf half uit de Suzuki.

Handkussen werpend en luid meezingend rijden we in statige tred de straat uit, toegezwaaid door een knap meisje en uitgeblaft door een man met een hond.

'Dorrrdogne, ici nous arrivons!' (2x)

Bij een benzinestation gooien we een tennisbal over, daarna wisselt Fräser wat geld en slaat hij een onvoorstelbare hoeveelheid wegenkaarten, snoep, chips en frisdrank in.

'O, heel simpel,' zegt hij, als hij weer in de auto zit met een paar opengevouwen wegenkaarten boven zijn stuur. 'De A27 ofwel E311 volgen A27 wordt dan om een of andere reden A16 bij België A1 E311 wordt E19 dan A14 ofwel E17 bij Frankrijk wordt dat de A22 (E17 blijft E17) A22 wordt A1 en E15 dan achtereenvolgens, eh, A3 A6 A10 ofwel E50 die later E05 wordt hele tijd doorrijden tot aan de D670 dan, let op, D936 D660 D29 D707 en voilà: La Roque Gageac in de Dordogne.

Eitje van een cent. Stukje cake. Geen kunst.'

Ik kan rustig gaan slapen, zegt Fräser. Hij doet z'n gordel om en slaat op het stuur. 'Regenjassen vergeten.'

Ik kijk hem aan en hij zegt dat ik niet zo naïef moet doen: regenjasjes!

Fräser en de kunst van een nachtelijke autorit. We scheuren over de aardedonkere Belgische snelweg. Fräsers linkerarm ligt gestrekt op het stuur, z'n rechterarm rust schijnbaar losjes op zijn been. Hij rijdt als een roofdier, de rode lichtjes op onze weghelft zijn z'n prooi. Ik spreid m'n dekbed naast het portier.

'Vind je zo'n nachtelijke tocht niet overweldigend?' zegt Fräser, als ik me tegen m'n dekbed krul. 'Ik bedoel: almaar dat vlokkerige donker, dat monotone ronken van de motor, de cadans van de weg. Ik word altijd een beetje helder *high* van 's nachts autorijden. Dan krijg ik het oergevoel dat ik de wereld doorheb en tot grote dingen in staat ben. Heb jij dat nooit? Ik krijg hetzelfde gevoel als ik over grind loop, heel langzaam als een boeddhistische monnik, en luister naar m'n voetstappen. Of als ik m'n tanden sta te poetsen, plotseling in de spiegel kijk, en mezelf langdurig aanstaar: daar staat een man die wat kan. Een nog sterker gevoel van kracht krijg ik als mijn broertjes naar de kapper zijn geweest. Uitgeschoren jonge nekken, dáár word ik heel energiek van. Dan krijg ik verheven gedachten over de vele wondermooie dingen die ik nog ga schrijven – slaap je?'

'Nee.'

'En waar ik echt van onderuit ga, is dat benzinestation van zoëven. Die zinderende, onvoorstelbare stilte, die mediterrane werkers die de wc's schoonmaken en koffie inschenken, die gapende verstekelingen in verlaten eetzalen. Dát vind ík nou mooi, en kunst, film, muziek, literatuur.'

Ik rek me uit.

'En seks natuurlijk. Ja, seks! OH, SAMARINDE. IK HOU VAN JE, ROTWIJF! GA NIET WEG! KOM BIJ ME TERUG!'

'Sorry, ik liet me even gaan,' zegt Fräser en hij vervolgt: 'Dáár word ik ook zo moe van, van seks. Diderot schreef:

"Aan de basis van onze meest sublieme momenten en meest verfijnde gevoelens ligt altijd een stukje teelbal." En zo is het. Deze hele wereld is goddomme één grote Bouquetreeks. Het enige waar iedereen zich mee bezighoudt en waar alles om draait: de heilloze lokroep van de prostaatklier. Vooral in muziek, vooral in films, vooral in "het leven zelf". Ik word zo moe van al dat genaai van al die mensen altijd maar, van die onvermijdelijke paringsdans. Dat vreugdeloze neuken. De seksuele revolutie is goddank koud achter de rug, of een erotische dient zich aan. Heet, zwoel, lust, passie, lingerie, flirten, opwindend, ontembare wellust, "op rare plaatsjes", stijve penis; het zijn de steekwoorden van dit decennium. Hormonen regeren de wereld – slaap je al?'

'Nee.'

'En leuk dat we het vinden! Vraag willekeurige meisjes in een café of ze "neuken" nu eigenlijk echt wel zo fijn en lekker vinden (want dat hele vaginale orgasme waar de *Cosmo* pagina's over doorzeurt schijnt toch maar één pot nat te zijn) en blijken zal dat ze al*le*maal oreren er heel erg van te houden, "ik wel toevallig, vooral met een wilde, opwindende, tengere, enigszins brute maar wel heel erg lieve jongen". Meisjes, jonge vrouwen, dáár word ik nou strontziek van.'

Fräser houdt een tijd z'n mond, want het lukt hem niet vijf vrachtwagens achter elkaar in te halen. Een snellere auto doemt op achter ons en dwingt ons op de rechtweghelft. Als we alle vrachtwagens ten slotte gepasseerd zijn, gaat hij verder: 'En ik ben nog maar zo jong. Dáár ben ik overigens ook zo blij mee: dat ik nog maar zo vreselijk jong ben. Dat ik nog zo heerlijk schaamteloos dom uit de hoek mag komen en van mezelf geen opzienbarende meningen en steekhoudende filosofieën hoef te verwachten. En ik me goddank niet erudieter hoef voor te doen dan ik ben. Het zal me worst zijn wat het verschil, dan wel de overeenkomst, tussen Mallarmé en Valéry is, tussen Ying en Yang en Jung, tussen Appel en Citroen. Eruditie, brrr. Al die plaatsbepalingen en dat getheoretiseer. Al dat in voetnoten gegoten diffuse gelul over stromingen en kenmerken. Iedereen weet ook alles maar. Ik weet niets van kunst, noch van literatuur, noch van "het leven", en ik word bij voorbaat moe van alles wat daarover wordt gezegd, behalve als ik het zelf zeg natuurlijk.'

'Natuurlijk.'

Fräser gaat tijdens het praten even verzitten en drukt met zijn dikke reet de versnelling uit de stand. De motor ronkt, de wagen schudt en we maken een kleine manoeuvre over de vluchtstrook. Weer in zijn baan doet Fräser Michel Vaillant na: 'VROOOO! VROOOOAAAAH!'

'Goh,' zegt hij opgewekt, 'als ik in dit tempo met een forse haal het stuur omgooi, overleven we het niet. *Waren we gewoon dood, waren we gewoon van alle problemen af.* Soms vraag ik me weleens af: wat is het nut van onze droevige zoektocht naar schoonheid in deze door lelijke en domme mensen verpeste wereld? Ronald, als dat soort gedachten bij me opkomen, schiet ik – gek genoeg – altijd even een snackbar in, en dan ben ik er zo weer overheen. Lekker: me even onderdompelen in stompzinnigheid. Het klinkt vreemd, maar ik ben een zelfkweller. Ik kan ontluisterend vrolijk worden van het kijken naar afzichtelijke mensen. Sterker nog: ik ben een stille misantroop. Iemand die op een afgeladen marktplein even de pas inhoudt om zich te verkneukelen met de gedachte: Wat een rotwereld! Wat een lelijkheid! Wat een klatergoud! Wat een stank en een lawaai! Wat een gelul! Slaap je?'

Ik zeg niks.

Fräser zegt: 'O.' En daarna: 'Jammer.'

De Suzuki trilt en schokt op dit slechte asfalt tussen Gent (Gand) en de Franse grens. Ik moet aan Reza denken.

Naar Parijs. Met Reza naar Parijs. Met Reza en Kunstenaar-jean-marc en Hester naar Parijs. In de bus begon het gekloot al toen Reza zich ging vermaken met de onvermijdelijke, luidruchtige studenten op de achterbank en Jean-marc en ik de zin van het leven bepaalden met wat whiskey uit Jean-marcs heupfles. Hoe meer ik dronk en praatte, hoe meer mijn schaamte voor Reza toenam. Als ik hoorde hoe zij vunzige opmerkingen schreeuwde door de bus en ik de gezichten van anderen zag (vooral van meisjes). Als ik Reza hard hoorde praten over seks, haar hoorde verzuchten dat het zo jammer was dat niemand *gras* bij zich had en dat ze zin had om heel erg stoned te worden. Aandacht, aandacht, almaar aandacht. Ik hoorde de studenten brallen, en ik hield, ondanks de intelligente kritiek op Jean-marcs stellingen, goed in de gaten wat er achter mijn rug gezegd werd. De ene student was nog grappiger dan de andere. Mijn ergernissen groeiden als ik Reza stompzinnig hoorde lachen om nog stompzinniger opmerkingen en witheet van woede werd ik toen ik vanaf de achterbank hoorde roepen: 'Ronald, kom er eens even bij, de jongens hier willen met je praten.'

Rot toch op, wat denk je wel, kleregriet, met je gelul over 'goeie tenten' in Utrecht en het verschil met de 'goeie tenten' in Amsterdam – wat weet jij daarvan? –, met je interessantdoenerij, met je verwaten versierderige toontje, met de manier waarop je rookt – wat je nooit doet –, met de manier waarop je over drugs praat –, wat je nooit doet –, ik heb een hekel aan je, ga weg, hou op.

'Rooonald.'

Ik zie hoe andere meisjes je uitlachen. Ik zie hoe ze elkaar aankijken als jij met je gegil de mensonterende muziek van de chauffeur overstemt. 'Wat een aanstelster.'

Ik schaam me. Ik ben Ronald niet. Ik hoor niet bij jou. Ga weg, word alsjeblieft door het luchtluik in het plafond (dat jij zo nodig open moest schuiven) het troostloze asfalt opgezogen. Word verpletterd door een tienton-truck, sloerie. Dat denk ik. Tart. Je hoort *bij mij* te zitten.

Ze vonden me maar een lafgast, de jongens van de achterbank. Onverstoord bleef ik met Jean-marc de zin van het leven bepalen. (En we kwamen er uit zelfs, geloof ik.)

In het donker probeerde ik, een paar uur later, met m'n jas tegen het raam wat te slapen. De chauffeur had gelukkig na een onbegrijpelijk slechte videofilm de lichten uitgedaan en in de bus heerste de zachtaardige, merkwaardige rust van slapende mensen. Het enige dat me uit m'n slaap hield was het gesmoorde gegilgrinnik van een achterbanks groepje nachtbrakers. Jean-marc lag voor mij smakkend te slapen tegen de schouder van Hester. Na een poosje kwam Reza, eindelijk, weer naast me zitten en ze boog zich over me heen. Zachtjes kuste ze m'n nek en fluisterde: 'Slaap je?' Ik bromde wat.

'Mag ik tegen je aanliggen?'

Ik had er geen zin in, maar ik liet haar. Ze vleide zich tegen me aan en haar lange zwarte winterjas legde ze om mij en haar heen. De jas die later nog voor Grote Problemen zou zorgen. Even deed ze alsof ze ook ging slapen, toen zoende ze me op m'n schouder en langzaam schoof ze haar hand over mijn dijbeen. Weemoedigheid, die niemand kan verklaren, en die des avonds komt.

'Zal ik je aftrekken?' fluisterde ze heel zachtjes en rustig legde ze haar hand op mijn gulp. 'Niemand kan het zien, m'n jas ligt erover.'

Ze probeerde zo stil mogelijk de rits open te doen, maar bij iedere beweging die ze maakte leek het alsof er paukslagen klonken in de bus. Toen ze mijn weemoedigheid in haar hand had, legde ze zich tegen m'n schouder en deed alsof ze ging slapen, maar met haar vuist bleef ze kleine rukjes geven. Van dichtbij keek ze me aan. In het donker haar ogen.

'Je bent toch niet boos of zo?' vroeg ze, vlak voordat ik met wat hoesten mijn kreunen probeerde te overstemmen.

'Ooit eens vanuit je hotelkamer een heuvel aan kunnen raken? Nou dan. Ik heb gewoon geen zin om mijn humeur al meteen de eerste dag te laten verpesten door de moedeloos makend gezellige sfeer op een door louter Nederlandse en Duitse gezinnen geannexeerde Franse familiecamping,' zegt Fräser en hij tekent het gastenboek van hotel La Colline Escarpée in La Roque Gageac.

'La bonne vie, Ronald, ça c'est pourquoi il tourne.'

Een indrukwekkend moment: onze lichamen in verkoelend water, onze hoofden in een broeierige hitte, achter ons een kasteel, voor ons het wanordelijke bergdorp waar ons hotel staat. Na de inspectie van de bruidssuite zijn we met onze boxershorts aan de Dorrrdogne ingesprongen, en ons verbazend over de sterke stroming hebben we ons met gespreide armen een fors stuk laten meedrijven.

'Gisteren om deze tijd werkte ik nog hard en niets vermoedend aan mijn boek over Reza, nu lig ik hier in het water,' zeg ik, als we dobberen in een wat breder stuk van de rivier.

'Ja, je zou geneigd zijn te zeggen dat het leven mooi is,' zegt Fräser. 'Ik vraag me wel eens af: ik leef in een land waar vrede heerst en waar geen honger wordt geleden; ik word niet geplaagd door trauma's; ik ben niet invalide, niet gelovig en ook geen vrouw; ik ben niet "anders geaard", geen racist, geen verslaafde; ik word door niemand onderdrukt en ben nog nooit gemarteld; er is nog niemand dood in mijn omgeving; er is geen incest met mij gepleegd en ik maal er niet om dat mijn vrolijke, zorgeloze jeugd voorbij is; ik ga vaak naar feestjes en heb gevoelvolle liefde met een intelligent en toch leuk meisje; mijn leven is een aaneenschakeling van mooie momenten, genietingen en intense tevredenheid – ik chargeer het misschien een beetje, maar kort gezegd komt het hierop neer: ik ben gelukkig. En er mist niets. Waarom zou ik dan schrijven?'

Fräser kijkt erbij alsof hem een groot onrecht is aangedaan. 'Van alles heeft de literatuur ons wel geleerd dat de wereld een opeenstapeling van aanstellerij, geveins en schijn is, dat alles rotter blijkt dan het lijkt, dat vriendschap een illusie is en uiteindelijk iedereen doodgaat. Moet ik, volmaakt gelukkig, daar dan mijn portie goedbedoelde rottigheid aan toevoegen?'

Als we willen terugzwemmen naar La Roque Gageac, blijkt dat we, hoewel we vooruitzwemmen, door de stroming toch achteruit worden gedrukt. We moeten aan wal gaan, door de brandnetels, om via een loeihete asfaltweg op onze blote voeten ('net als Jezus') terug naar het dorp te lopen.

'Ik had ook goddomme m'n bek moeten houden,' zegt Fräser.

's Avonds in het plaatsje Domme worden we bediend door een manke, Vlaamse ober die ook nog stottert, heel zielig. Als je zelf in de horeca hebt gewerkt blijft het een niet af te leren tic te kijken hoe anderen het doen: hoe bij voorbeeld de placering is, of hoe de tafels zijn opgemaakt. Daarom mocht ik van Reza nooit langskomen toen zij net bij Alfonso's werkte: 'Want jij gaat me toch alleen maar zitten jureren.'

Wel haalde ik haar zo nu en dan op, als het restaurant al gesloten was. Meestal waren er dan nog een paar meisjes aan het afruimen en opdekken, maar als het echt heel rustig was geweest, deed één meisje al het werk.

Toen ik haar op een avond ophaalde was de zaal uitgestorven, de koks waren al naar huis, de manager zat op het kantoor te werken. Reza keek me heel gevaarlijk aan en leidde me naar een barkruk. Ze hield haar ogen strak op me gericht en begon langzaam, op de maat van de muziek, ingehouden maar felle danspassen te maken. Het was alsof ze van tevoren al een choreografie had uitgedacht en ik als decorstuk in haar ballet stond. Reza daagde me uit, viel aan, weerde af. Het was heel indrukwekkend. Ze sprong op een tafel, dook naar de bar, gooide haar benen in de lucht. Toen de muziek afliep rende ze naar een verdwaald dienblad dat ergens op de grond slingerde en met de laatste toon sprong ze erop.

'Ze bood zich aan op een presenteerblaadje.'

'Dat die Fransen zo'n geweldige keuken hebben,' roept Fräser, 'is al net zo'n onuitroeibare misvatting als de onvermijdelijke bewering dat oude auto's mooi zijn en halogeenlampen lelijk.' Fräser noemt dit cafémeningen, niets anders. De gedachte dat in wezen iedereen een beetje bi is. Een mens eigenlijk nooit volwassen wordt. Het echt fout is om Nederlanders tegen te komen op vakantie. Een relatie nooit telefonisch beëindigd mag worden. Meisjes altijd op de verkeerde mannen vallen, en je ook vaak ziet: een mooie vrouw met een lelijke vent. 'Dat,' besluit hij, 'de Vlaamse taal zo warm is, maar die literatuur één en al klote, o sorry...'

De ober buigt zich over de tafel om twee salades uit te serveren, maar hij stoot heel zielig tegen een tafelpoot en Fräsers glas wijn valt om. De ober maakt duizend excuses en brengt Fräser een pak servetten.

'Hij deed het expres,' zegt Fräser.

De salade is gelardeerd met grote stukken paars vlees die erg bijzonder smaken. Ik werk er een paar naar binnen, maar Fräser wil niet verder eten voordat hij weet wat het is.

'Ik ben moe, ik ben goddomme al meer dan zesendertig uur op en ik wil weten wat ik vreet voordat ik ga slapen.'

'Ze zeggen dat je paranoïde wordt als je zo lang op bent, weet je dat?'

'Dat zeggen ze alleen maar om je te pakken, OBER!'

'H...h..heren?'

'Fräser hier wil graag weten wat voor vlees dit is.'

'Eendelever, is het niet naar uw goesting?' antwoordt de ober.

'Jaweljawel,' zeg ik en lacherig beent de ober weg.

'Eendelever, moet je zien. Alleen bij mij liggen er al minstens twintig eendelevers op m'n bord. Bij jou ook en al die mensen om ons heen schaften eendelevers. We zitten hier goddomme met z'n allen een hele eendenkolonie op te vreten.'

'Dáár zou eens iemand een roman over moeten schrijven, hè Eddy?'

Verveeld schuift Fräser het bord een stuk van hem vandaan en maakt met zijn hand een overgeefbeweging naar een paartje naast ons.

Vanaf het tafeltje op het terras kijken we uit over het Dordognedal, waar met de minuut meer lichten gaan branden. Onderuitgezakt en met een rozig, weemoedig gevoel eet ik de salade. Fräser steekt een sigaar op en bestelt twee whiskey.

'De kut is dat ik gewoon niet weet waarover ik anders zou moeten schrijven. Ik bedoel, als ik een roman zou willen "componeren", waar zou die dan anders over moeten gaan dan over geluk? Ik heb toch niets anders? Dan denk ik, ik ga een mooie liefdesroman schrijven voor Samarinde, maar het enige wat ik dan ga doen is dat ik Heel Erg Soft ga lopen zijn. *Een Monument voor onze liefde. Een Aubade voor een heel mooi meisje. Een Nocturne voor onze zoete samenslaap. Een Trofee voor haar schoonheid. Een Pilaar voor haar lichaam.* Dat soort slappe liefderatuur.

Wat moet ik doen: moet ik maar een beetje ongeluk, moeilijke karaktertjes of zielige mensjes gaan zitten verzinnen? Daar heb ik helemaal geen sjoege van. Geen zin in ook. Ik wil over mezelf schrijven. Ik wil gewoon louter just and only for the goddamned fuckin' fun of it, met piemie in de palm van mijn bezwete hand, wat tekstjes masturberen, erbij denkend: goddomme, wat ben ík een fantastische jongen, zeg.

Ik heb niets te verwerken, niets te verschrijven, niets te *zei*ken. Mijn geluk is mijn ongeluk.'

Zo.

'Jij kan tenminste nog over Reza schrijven.'

Ik kan tenminste nog over Reza schrijven. Dat ik voor ik haar ontmoette een vrolijk onbekommerd jongetje was. Dat ik met Reza een hoop 'beschrijvenswaardigs' heb meegemaakt, maar dat het me zo moeilijk lukt dat in een boek te persen omdat ik dan zo godvergeten serieus word. Dat de maalmolen van mijn geheugen mijn relatie met haar versnipperd heeft in een handjevol 'momenten'. Mooie momenten. Unieke ogenblikken. Dramatische situaties. Vlagen van onverwachte schoonheid. Dat Reza (heeft u geen kussentjes op deze sofa, ober?) mijn eerste en mijn enige echte-grote-liefde is geweest en dat ze het alleen al om die reden waard is om geëerd te worden.

Dat ik haar, toen ik haar voor het eerst ontmoette op de introductie van onze faculteit (ze had het bekoorlijke van Lolita en het venijnige van een vamp), *maar* een arrogante trut vond, en zij mij *maar* een arrogante lul. Dat ze me later over dat eerste samenzijn van 'ons groepje' zei: 'Ik vond je zo'n verwaande jongen hè, zo'n verwaten dichter.' Dat ik (op haar aandringen) zei: 'Toen ik je voor het eerst zag dacht ik: haar wil ik wel eens onder me hebben liggen.' Dat ze hier erg verguld mee was en dat ik wist dat ik het verzon. Toen ik haar zag dacht ik: uit een hogere liefdeskaste.

We gaan niet drinken, vanavond. Daarvoor zijn we veel te moe. We nemen er nog één en dan gaan we naar de bruidssuite.

Het terras wordt verlicht door een lange sliert gekleurde kerstlampjes en verkoeld door een zachtzwoele bries die uit het dal komt. Naast ons zitten wat Engelse paartjes die het op een zuipen hebben gezet – het is al negen uur geweest en romantisch verpozen doen ze thuis wel.

'Twee d..dubbele Jameson?'

De whiskey, de moeheid, de zachte bries uit het dal; het

maakt me melancholisch. Wat deden we, in godsnaam wat déden we, voordat we de nostalgie ontdekten?

'Hoe Reza mij kreeg.'

Het was in de tijd dat we allen nog studeerden en echt ons best deden. Was in de tijd dat we nog gewoon en snel vrienden maakten. In de tijd dat we elkaar iedere dag zagen, iedere dag lunchten, iedere week bij elkaar aten. De tijd dat Constantin nog gewoon hetero was, net als iedereen. Tijd, kortom, die nooit meer terug komt. Simpel.

Bestel nog maar twee Jameson.

'Hoe Reza mij kreeg.'

Van 'ons groepje' waren Reza en ik de enigen die elkaar met arrogantie bleven behandelen. Arrogantie trekt aan, dat is een feit. Reza was knap, ze had het mysterieuze waas van een fataal meisje, en ze was ongetwijfeld het intelligentst en scherpst van ons allemaal. Reza vond mij stoer om het obstinate dat ik zei over literatuur en toneel, mijn baldadige banale meningen, mijn grofheid tijdens college.

Het was Reza die het initiatief nam.

Op een donderdag, terwijl we met 'ons groepje' op Regienes onderzolder aan het repeteren waren voor een of ander toneelstuk (totaal overbodig herinner ik mij dat ik een witte lamswollen trui droeg en Reza een rood vest), trok Reza zich op de trap naar de wc naar me toe, en ze tongzoende me. Daarna legde ze haar handen op mijn schouders. In het donker haar ogen.

'Vanaf nu ben je van mij,' fluisterde ze, en ze liep de trap op naar 'ons groepje'.

Later bij de voordeur vroeg ik: 'Ben jij nu ook van mij?' en ze antwoordde simpel: 'Nee, natuurlijk niet.' Bij de fietsen vroeg ik: 'Waarom dan niet?' Ze antwoordde droog: 'Ik moet het op zondag eerst even met Oskarke uitmaken, dan pas, misschien, word ik van jou.' Ze fietste weg. 'Je zult even moeten wachten, denk ik.'

Wachten. Wachten. Ik moest drie dagen wachten. (Natuurlijk heb ik in die drie dagen last gekregen van een super instant-verliefdheid, dat spreekt voor zich.) Niet dat ik toen al naar het grootse en meeslepende van verliefdheid handelde; mijn gouden zet om de maandag daarop te gaan eten bij Poffertjeshuis Victor Consaël was meer een door kaskrapte ingegeven toeval dan berekening. In een door gordijnen afgeschermde houtprullerige cabine zaten we onwennig tegenover elkaar. Dat ze. Wat? Dat ze. Wat? Dat ze zo verkikkerd op me was (*ik ook op haar*). Dat ze het hele weekend aan me had lopen denken (*ik ook aan haar*). Dat ik zo mooi was (*zij ook*). Dat ik van die mooie lange wimpers had (*en zij een mooie hals*). Dat ze zo graag bij me wilde zijn (*ik ook bij haar*). Dat ze in iedere man mij zag (*iedere vrouw was zij*). Dat ze de hele nacht had geroken aan mijn geur in haar shawl (*haar geur in mijn polo*). Dat haar teddybeer ik was (*en mijn hoofdkussen zij*).

Jong. Verlegen. Verliefd. Jameson.

We aten onze poffertjes, Reza kwam naast me zitten en we zoenden. Eerst heel teder, en toen wild en banaal. Zoenen met allebei een poffertje in de mond. Zoenen met ik een poffertje, zij een slok cola. Zoenen met een poffertje ertussen en allebei proberen om het poffertje met de tong te doorboren.

'Vunzige gedachten.'

Zoals Reza zat, met haar tong in mijn mond en haar hand op mijn dijbeen, kon ik, al mijn mooie literaire gedachten over ontmaagding (en de symboliek daarbij, en de metaforen, en de relaties met de werkelijkheid) ten spijt, toch niet ontkennen dat ik, wat mij betreft zo snel mogelijk, mijn grote poffer in haar stroopkannetje wilde dopen. Maar Reza wilde nog niet.

'Ik kan het toch niet maken om het op zondag met Oskarke uit te maken en dan al op maandag met een ander het bed in te duiken, ik moet Oskarke toch even verwerken, dat snap je toch wel?' zei ze en met haar vinger bestroopte ze haar lippen om me een plakzoen te geven.

De volgende ochtend volgen Fräser en ik de rivier een stuk stroomopwaarts tot we bij Argentat besluiten de auto de auto te laten ('we laten de auto de auto') en met een kano de rivier af te dalen.

'Man, stel je niet aan,' roept Fräser, 'eitje van een cent. Stel je voor: golven, watervallen, stroomversnellingen, meanders, manoeuvres; stukje cake, echt waar. Geen kunst.'

Ik knik.

'Godvergeten gebruinde koppen van de zon op het water, vrijheid, rust, mooie mensen, pure nature, man!'

Ik zucht.

'Kampvuur, 's avonds elkaar bedwelmen met poëzie zoals dat al eeuwen gebeurt, slapen onder de blote hemel, krekels, gewekt worden door het eerste lichtgespetter op het water, wassen in een ijskoele ochtendstroom, la bonne vie, Ronald, la bonne vie!'

Ik zucht heel diep.

Tekeningen van de moeilijke passages. In rap en vinnig Frans geeft het meisje van het kanoverhuurbedrijf Safaraid er uitleg bij. *Bij de derde grote bocht links aanhouden. De tweede brug rechts passeren. Vlak na een tennispark links langs de basaltblokken, dan door het midden naar de betonnen drempel. Echt door het midden hè?*

Goddomme, denk ik, wat heb ik er zin in.

Het meisje wijst ons een gele tweepersoonskano met peddels, twee zwemvesten en twee grijze tonnen waarin we onze spullen waterdicht kunnen opbergen. Ze wenst ons drie heel prettige dagen toe en verdwijnt in de verlepte Safaraid-caravan, waar ze in hetzelfde rappe en vinnige Frans met een ander meisje over ons begint te praten.

Fräser inspecteert de boot en zag dat het goed was.

'NAVIGARE NECESSE EST, VIVERE NON EST!' schreeuwt bonvivant Edgar Fräser op het moment dat hij als kapitein van onze kano welgemikt aan boord stapt. Op twee meter afstand van de vertrekplaats hebben tientallen camping- en dorpsbewoners zich hoopvol opgesteld.

We slaan niet om.

We slaan echt niet om.

We slaan toch om.

Na een kwartiertje aandoenlijk waterballet meren we aan bij een zandstrandje voor een rustpauze. Fräser pakt een blocnote uit de grijze ton en legt zijn dikke kont in het zand. Fräser gaat even 'pielen en kutten'. Dat wil zeggen: Fräser gaat als een volkomen autist in het openbaar zitten schrijven. Fräser kan dat namelijk. Fräser is een beetje een exhibitionist als het om schrijven gaat. Fräser schaamt zich niet voor zijn 'door God gegeven literaire gave'. Ik heb het met Fräser meegemaakt dat hij in een afgestampt vol café zich naar de toog wrong om een reep papier en inkt te halen. Hij was oprecht verontwaardigd dat de uitbater hem uitlachte.

Toen Fräser voor het eerst op mijn kamer kwam, keek hij verveeld om zich heen. Reza ging het huis uit, naar een kibboets, en Fräser was door de huisbazin in haar kamer gezet.

'Hou jij van literatuur of zo?' zei hij. Het woord literatuur sprak hij uit alsof het iets heel onaangenaams was.

'Nee, niet echt. Het is m'n hobby.'

'Hmm. Zeg eens,' hij had moeite om het uit te spreken, 'jij schrijft toch niet, hè?'

Hij wachtte mijn antwoord niet af.

'Ojee, ik merk het al, jij schrijft. Ik zeg het je maar meteen: de kans dat ik je nu nog mag is tot een minimum gedaald.'

Ik zweeg, liep naar m'n bureau, haalde een kopie van een

verhaal uit de la. Fräser vertrok naar zijn nieuwe, Reza's oude kamer. Drie kwartier later klopte hij op m'n deur.

Hij mocht me.

Naar een kibboets ging Reza. Ze kwam het me vertellen toen ik met m'n vluchtige vriendinnetje Ellende pannekoeken aan het bakken was in de door Reza en mij gedeelde keuken.

'Sorry dat ik stoor hoor, maarre, o, ik zie dat je bezoek hebt. Hallo, ik ben Reza, Ronald heeft je vast een hoop over mij verteld, maarre, nou, ik ga dus verhuizen.'

Ze ging dus verhuizen.

Ik zei droog: 'O,' en wist niet of ik nu een vreugde- of een smartekreet smoorde.

'Ik ga namelijk naar een kibboets.'

Weer wist ik niets te zeggen dan alweer: 'O.'

Ellende, die ik niets (nou ja, heel weinig) over Reza verteld had, schreeuwde dat dat écht gaaf was, een kibboets, en dat een goeie vriend van haar daar ook eens geweest was, en dat ie, en dat ie, en dat ie. (Ellende had altijd goeie vrienden die overal geweest waren, en die van alles deden.)

'Hoe lang blijf je daar dan?' wist ik ten slotte uit te brengen, toen Ellende eindelijk d'r muil hield.

'Als het aan mij ligt, de rest van m'n leven.'

'Wat ga je daar doen dan?'

Antwoord.

(Toch nog een leuk gesprek.)

'En wat vinden je ouders ervan?'

Antwoord.

'En wat doe je met je spullen?'

Antwoord.

'Maar wat is nou de échte reden dat je gaat?' onderbrak Ellende ons gesprek tactvol. Twee meisjes die elkaar ijzig aankeken.

'De echte reden dat ik naar een kibboets ga, is dat ik alle nationaliteiten van de wereld wil neuken.'

Ellendes grote ogen.

'En ik sta al op zes!'

Ellende, die mij aankeek.
'Met Ronald, die ik ook heb platgenaaid, erbij!'
Reza, die wegliep.
Reza, die zich omdraaide.
'Haar, Ronald, vind je *haar* nou leuk?'

'Het jammere van deze rivier is dat je er zo weinig leuke meidemeisjes ziet,' zegt Fräser, een velletje van zijn blocnote scheurend. 'De Dordogne is toch geen plek voor het betere mooie benenwerk, laten we eerlijk zijn. En als je dan bij wijze van uitzondering in het wild twee leuke vrouwen ziet, kan je er donder op zeggen dat één van de twee de moeder is.

En dat is erg vervelend, want ik hou erg veel van vrouwen. Soms zit ik alleen op mijn kamer te denken: Kut, wat is de liefde toch mooi. Het raakt me oprecht als een meisje bezig is met een of ander vrouwelijk tijdverdrijf (opmaken, tijdschrift lezen, een universitaire studie Algemene Letteren) en ze tussen neus en lippen door meedeelt: "O, trouwens, ik hou van je."'

Fräser pakt een platte steen en scheert hem over het water. De steen ketst drie keer.

'Ik hou van je, attenoie, dat is toch niet zomaar een zinnetje? Dat is een daad. Een bezegeling. Iets uiteindelijks. Het is alleen zo jammer dat iedereen tegen iedereen "ik hou van jou" kan zeggen, zoals in principe ook iedere vrouw met iedere man het bed kan delen. Eh, neuken bedoel ik. Het is net alsof je, als je "ik hou van jou" tegen iemand zegt, een zigeunerinnetje aan de muur hangt.'

Fräser scheert nog een steentje over het water. Vijf keer.

'Ik heb in mijn verliefde verleden ooit eens een boek voor Reza bijgehouden,' zeg ik, '*het boek ik ook van jou*, een logboek van onze liefde. Waarin ik boekstaafde wat er allemaal gebeurde, "mooie momenten" etcetera, maar ook "hoe vaak" en "waar". Heel plat eigenlijk, met cijfers en zo. 14 maart 1987, op z'n hondjes, 8½. Toen ik het boek kon omdopen in *het boek ik ook niet meer zo heel erg veel van jou*, ben ik maar gestopt. Voor Reza weer aanleiding om aardig wat scène te trappen. "Je houdt niet meer van me." En ik: "Jawelja-wel." En zij: "Zeghetdanzeghetdan."'

Forse steen: één keer.

'Kan jij dat?' vraagt Fräser, 'makkelijk tegen iemand zeggen dat je van haar houdt? Ik kan dat niet. Ik krijg daar een ongemakkelijk gevoel bij. Of eerder nog, ik krijg het gewoon niet uit m'n strot. Jij wel?'

Topper: zeven keer.

'Fräser, ik ook van jou.'

*Woensdag 19 november 1986*

Je richt je op en je kijkt om je heen. Is de wereld veranderd? Tien seconden scheiden je van Het Oermoment (elf, twaalf, dertien) en de pathetiek is ver te zoeken. Alles is hetzelfde. Lichte verbazing. Je zoekt naar het grootse verband, maar je wist vier, vijf, zes seconden geleden al dat dat onzin is geweest. Je slikt. Je kijkt naar het meisje en zij kijkt naar jou. In het donker haar ogen. Lachen, genegenheid, veel meer dan slechts 'een mooi moment'. Een kus. Armen om je heen.

Je richt je weer op. De hoek verbaast je, de hoek die je veel meer naar beneden gericht had verwacht. Er is bijna geen hoek, het gaat vrijwel horizontaal. Het meisje kijkt je met grote lachende ogen aan. Je moet ook lachen. Weer een kus. 'En?' vraagt het meisje en ze grinnikt. Ze knijpt je dicht tegen haar aan. Een likje in je oor. Ze knijpt je fijn.

Je richt je weer op. Paradoxaal gevoel. Jubelstemming gepaard aan ongeloof. Verbazing ook over alle ophef. Je ademhaling wordt sneller. Je luistert naar het meisje en kijkt naar haar gezicht. Ze heeft haar ogen even dicht gedaan. Zelf knijp je je ogen ook even dicht, maar je opent ze meteen. Niets wil je missen. Je lichte angst verdwijnt. Je weet nu hoe het gaat.

Het meisje opent haar ogen en pakt met haar beide handen jouw gezicht. Ze trekt zich naar je toe. Haar tong in jouw mond. Je legt jouw buik op haar buik, jouw borst op haar borsten, jouw armen onder haar schouders. Je zoent haar hals. Je hapt haar geur.

Dan zegt het meisje: 'Rustig, een beetje rustig.'

Je richt je weer op, steunt op je handen. Je doet het heel rustig nu. Aandachtig, gespannen, belust. Het meisje sluit haar ogen weer. Je kijkt voor je. Vuile boxershort die nog in de wasmand moet. Je lacht, of is het je ademhaling? Het meisje smakt en kreunt en trekt met haar handen baantjes over je borst, je buik, je hals vooral. Ze legt beide handen op je rug en volgt de glooiing, met haar vingers streelt ze de haartjes op je anus. Ze legt een hand op je dij en verhoogt je tempo. Ze schokt nu. Haar borstjes trillen. Haar bekken beweegt met jouw bekken. Al jouw horten worden op haar lichaam gedempt. Je luistert naar haar broddeltaal. Ze fluistert dat het goed gaat en dat het heel lekker is en dat ze het fijn heeft en dat ze jou zo lief vindt en dat je je niet hoeft in te houden en dat ze gelukkig is en dat ze dit altijd wel wil doen en dat jullie het straks weer moeten doen en dat ze dit morgen ook wil en altijd en altijd en dat ze van je houdt dat ze van je houdt dat ze echt van je houdt!

Je trilt, je schokt, je spant.

Je houdt je in.

Je doet heel rustig nu. Het meisje opent haar ogen en lacht terwijl ze zich schijnt uit te rekken. Je beweegt je bekken naar links en naar rechts, onderzoekend.

Je trekt je terug, maar nog net niet terug genoeg dat je het meisje kwijtraakt. Dan ga je diep, heel plotseling. Het meisje knijpt haar ogen dicht en kraait.

'Dat deed een beetje pijn,' zegt ze.

'Sorrysorry,' zeg je snel en je kust haar in haar hals.

'Maar het was wel heel lekker, dat moet je vaker doen, zo onverwachts.'

Je wacht even en doet het nog eens. Het meisje moet hard lachen. Jij lacht ook.

Jullie zoenen, teder en heftig tegelijk; het gevoel neemt toe. Dan pakt het meisje je schouders en draait onder je vandaan. Je verlaat haar en kijkt het meisje geschrokken aan. Ze legt je op je rug en buigt zich over je heen. Haar knieën omvatten je dijen. Het meisje zoekt met één hand in je schaamstreek en als ze je beet heeft brengt ze je naar haar toe en gaat heel langzaam zitten. Een tweede Oermoment. Dan buigt het meisje zich voorover en steunt op haar handen. Je voelt hoe het meisje je voorzichtig omvat.

De wereld ís veranderd, er is nu alleen nog maar het meisje. Je voelt haar omhoog gaan, en weer omlaag. Je pakt met je handen haar borstjes en tikt met je vingers tegen de tepels. Je streelt haar buik, haar rug, haar hals, haar haar. Omhoog, omlaag. Je zet de punten van je vingers op de zijkanten van haar lichaam en drukt ze naar beneden. Omhoog, omlaag. Je richt je op, likt haar borstjes en laat je weer vallen. Omhoog, omlaag. Je hoort jezelf geluiden maken en merkt dat het meisje haar bewegingen versnelt. Omhoog, omlaag, omhoog, omlaag. Je probeert mee te schudden, maar dat gaat niet zo goed.

'Rustig maar,' fluistert het meisje, 'ik doe het wel.' Wat is ze lief het meisje. Dit meisje. Wat is ze mooi. Je ziet in het donker haar ogen en vergeet dit nooit meer. Omhoog omlaag. Je legt je armen naast je neer en sluit je ogen. Omhoog, omlaag. Je voelt iets tintelen in je tenen. Het meisje voelt dit ook en verandert haar ritmiek. Omhoog, langzaam. Je zucht en woelt, blaast en spant. Omlaag, langzaam. Je kijkt haar aan en ze ziet je ogen. Omhoog, langzaam. Je zucht weer en het meisje fluistert: 'Ga maar.' Omlaag, langzaam. De tergende marteling van haar curve. Omhoog, langzaam. Wat is ze goed dit meisje, wat is ze... Omlaag, langzaam. 'Je bent zo goed,' zeg je, 'ik...' Omhoog, langzaam. Tinteling bereikt je knieën. Het meisje kreunt en zucht nu ook. Omlaag, iets sneller. Tinteling in je bovenbenen. Omhoog. Je schokt. Omlaag. Ze drukt. Omhoog. Straks weer, straks weer. Omlaag. Je bekken tintelt, je anus, je scrotum. Omhoog. Je houdt van het meisje, de eerste keer dat je dat tegen iemand zegt. Omlaag, snel, sneller, omhoog, omlaag, omhoogomlaag. Je zucht en smoort een schreeuw.

Je bent ontmaagd.

Het meisje heette Reza.

Uit: *het boek ik ook van jou*

We inspecteren het onbewoonde beboste eilandje. We zijn afgemeerd aan de achterkant bij een natural harbortje en hebben onze kano op z'n kop gezet om het water eruit te laten lopen. Aan de voorkant, zo'n vijftig meter van de plaats waar wij ons kampement hebben, zorgt een stroomversnelling voor een aanhoudend watergesuis.

We dopen het eiland Het Stronteilandje, maar dat is pas na een half uur wanneer ik, omdat ik toevallig net zelf wil gaan schijten, tussen de bomen de vele hopen mensenstront ontdek. Allemaal met van die uiterst lullige reepjes pleepapier erbij. Trouwens, nooit geweten dat wij mensen zó stonken; dat is dan wel weer een nadeel van alle sanitaire voorzieningen.

Raar land overigens: Frankrijk. We zitten aan dit openbare toilet gekluisterd, want we mogen niet verder. Om zes uur moet je hier van het water zijn, riep een politieagent ons vanaf de kant toe. Toen was het al kwart over zeven. Waarom we om zes uur niet meer mochten kanoën? Omdat we anders een bekeuring konden krijgen. Malle, malle vent.

Fräser roept, terwijl ik sta te persen en ervoor zorg dat ik de drollen niet in m'n onderbroek drapeer, dat we een van de fossiele keutels die hier nu plotseling bij hopen blijken te liggen, best kunnen meenemen naar Nederland. Voor het Letterkundig Museum, bedoelt hij.

Als ik terugkom overzie ik onze situatie.

We hebben geen tent. Alleen een zeil en onze dekbedden.

Dat wordt lekker slapen vannacht.

We hebben geen eten, alleen een zak paprikachips, een fles Jameson en een fles Amaretto di Saronno.

Fräser bezweert dat dat geen probleem is en gaat het bos in om, ah nee hè: Fräser gaat hout sprokkelen. Fräser gaat een kampvuur maken.

'En straks ga ik met een spitse stok forellen vangen!'

Gottogod.

Fräser vindt dat ik niet zo moet zeiken. De grenzeloze ingekaktheid, die speelt de westerse wereld parten. Het bekrompen, bloedeloze leven. Er is geen passie meer, vindt Fräser, geen hartstocht. Er is niets om je over op te winden. Er is welvaart, geen honger, geen oorlog. Er is niets om gepassioneerd voor te leven. Waar is de Grote Pathetiek gebleven? Waar zijn de Grote Gevoelens, die Heerlijke Daadkracht?

Fräsers stokpaardje. De forel is heerlijk, dat geef ik eerlijk toe.

Dat hij verliefd is op jonge sterke mensen. Eigenzinnig. Recalcitrant. Baldadig. Die zich niet laten imponeren door oudgeworden jonge sterke mensen. *Jonge kracht*. Jonge chirurgen die elkaar aankijken tijdens een operatie. Computerkids. Jonge musici. Jonge acteurs. Jonge schrijvers.

'Jonge groenteboeren,' zeg ik, een stukje forel in mijn mond smeltend.

Werkelijk heel flauw. Fräsers sympathie gaat altijd uit naar de jongetjes, de obstinaten, de onbegrepenen, de verontwaardigden, de pubers, de studenten, de mannetjes die trillend van opwinding, maar met zelfvertrouwen, een lulletje tekenen uit de broek van Jeroen Brouwers.

Fräser pakt nog wat aardappels met paprika.

Alleen dus jammer dat je dat soort jongens bijna niet tegenkomt. Helemaal niet, eigenlijk. De arrogante, gelijkgestemde geestverwanten met wie we bezielde literaire disputen zouden beleggen en een stroming zouden oprichten: die zijn we toch at-te-noie niet tegengekomen?

Als toetje komt de whiskey op tafel. En de Amaretto.

Nee, men is niet meer bereid te lijden, Ronald, te lijden. En een beetje leed is leuk, dat weet een kind. Het is toch fijn je op gepaste tijden een beetje rot te voelen en te zwelgen in je eigen verdriet. En weet ik waar Fräser zich ook zo aan ergert? Aan het feit dat men niet meer bereid is tot Grote Opofferingen. Lijden, afzien. Een tocht maken langs de Dorrrdogne en wel zien waar de kano strandt. Slapen onder blote hemel. De geur van stront. Mensch, durf te leven!

Dat heeft Fräser goed gezegd.

Fräser roept de serveerster van dit schattige restaurantje op nog geen honderd meter van het eiland, en geeft haar de VISA-kaart van zijn moeder.

Als we terugkanoën blijkt dat het waterpeil zo is gedaald, dat de stroomversnelling niet meer ruist.

Kunnen we tenmínste rustig slapen. Zegt Fräser.

Dat ik me eens een beetje rot heb gevoeld over een pakje instant-pindasaus.

Reza zou voor me koken, en het zou heel lekker worden. Ik zat te lezen in haar kamer en mocht onder geen beding de keuken in. Af en toe rende ze de kamer in om iets uit de kast te halen, een pollepel, een wadjang, een sinaasappel.

'Maar wat wordt het dan, wat wordt het?'

Het werd een rijsttafel natuurlijk, wat anders? Dat ze zich had uitgesloofd (mijn Reza, mijn prinsesje, mijn keukenhandschoen).

'Heerlijk!' kirde ik, 'zit er ook pindasaus bij? Ik ben idolaat van pindasaus.'

Dat ze toch nog naar mensenvriend Albert Heijn moest en dat ze pindasaus zou meenemen. Later op de middag wilde ik de tafel dekken, maar ik mocht niet. Reza dekte de tafel. Het eten deed ze in met goudverf beschilderde schalen en maakte ze op met uit radijs geknipte roosjes, naast de wijn lag een witte gestreken doek, de borden stonden op met goudfolie omtrokken placemats, er stonden kaarsen, overal kaarsen. Toen ze klaar was, nodigde ze me uit te gaan zitten. Op de borden stonden chique kaarten waarop ze met kaarsrechte letters had geschreven: 'Grand menu de notre amour, le 19 décembre 1987,' en daaronder de gerechten. Haaievinnesoep, petites loempia's, babi pangang, gefrituurde deeggerolde vleesballetjes in een zoetzure saus (zelfde saus als bij de babi pangang), pansit goreng in een zoetzure saus (zelfde saus als bij de babi pangang), kippeboutjes in een zoetzure saus (zelfde saus als bij de babi pangang), petit peu foe yong hai, zelfgebakken kroepoek, augurken, atjar en riz blanc, lichees voor dessert, koffie. De vin: Côtes-du-Rôhnald. De liqeur: Parfait d'amour (huwelijkstranen, met flinterdunne schilfertjes goud).

'O ja, en als allerlaatste, voor ik het vergeet' (Reza rende naar de keuken, en weer terug) 'de pindasaus.'

We aten.

Heerlijk, alles, heerlijk. Alleen. Wat? Alleen. Alleen dat ik het maar een raar goedje vond, die pindasaus van haar. Dat er bij ons altijd heel andere pindasaus op tafel stond. Wat of het was die (derrie). Wat? Uit een pakje? Poeder? Met water? Ja, dat je die nu juist nooit moest nemen. Dat dat de enige pindasaus was die ik nu juist niet te eten vond.

Dat ze toen begon te huilen (en dat ze het nooit, nee nooit, nee werkelijk nooit goed deed).

Fräser maakt een nieuw kampvuur; dat trekt de muggen van ons slaapzeil. De grijze ton hebben we gevuld met water, want door de hittegolf zijn de bossen kurkdroog. Mocht er een vuurvonkje overspringen dan kieperen we onmiddellijk de ton leeg en redden we Frankrijk. We voelen ons heel volwassen.

Ik zit bij het vuur dat de grote vuurmaker Edgar Fräser brandende houdt door zo nu en dan een stokje te verleggen. De geur van brandend hout.

'Laatst had ik iets heel beangstigends,' zeg ik. 'Ik stond met mijn fiets voor een stoplicht te wachten in de stad. Het schemerde en het had net geregend. Ik keek bij een huisje naar binnen en zag op het gigantische televisiescherm een reclamespot van Zwitsal babyshampoo. Van die ongelooflijk knappe vrouw die met die baby in bad zit. Je ziet haar alleen vanaf haar voorhoofd tot haar kin. Ze lacht en spreekt in slow motion, met die vrolijke baby. Op de plek waar ik stond mengde de geur van brandend kachelhout zich met de geur van een vrouwenparfum. Waarop ik besefte: "Verrek, ik hou van het leven." Verschrikkelijk, hè? En weet je wat het erge is: ik meende het nog ook, denk ik.'

Fräser hoort dit gelaten aan.

'Jouw probleem is dat je geen maat weet je houden.'

'Zo had ik laatst een vreemde pollutiedroom,' vervolgt hij, 'net zoiets eigenlijk. Ik liep langs een schattig arbeiderswoninkje, met kanten gordijntjes en in de vensterbank allerhande porseleinen prullaria en kitscherige plebejerwansmaak. Walgelijk gewoon. Ik denk: hier moet eens wat aan gedaan worden. Hier moet een weldenkende held eens een daad stellen. Gelukkig ben ik in die droom ook nog héél erg rijk en dus laat ik vlug een notaris komen. Ik bel aan bij het afzichtelijke huisje – zo'n bel die de Big Ben nabengelt, om te kotsen gewoon – en vraag de dikbuikige T-shirt dragende proleet hoeveel geld hij voor zijn stulpje wil hebben. Watte? De sjouwer begrijpt mij niet en dus leg ik hem uit dat ik zijn woninkje wil kopen. Kopen? Kopen ja, met alles erop en eraan, het hele interieur. Eén miljoen, stel ik de vuilnisman voor, één miljoen voor het huisje plus drie ton om een nieuwe inboedel aan te schaffen. Weet je wat, zeg ik tegen de truckchauffeur, je krijgt van mij twee miljoen gulden als ik je huisje nú mag hebben. Ik heb een notaris bij me en die regelt alles. De glazenwasser haalt zijn vrouw erbij, oei wat een mens, en overlegt. "Tweeënhalf miljoen gulden, laatste bod, nu beslissen." De schoorsteenveger hapt toe, en ik gun hem en z'n vrouw één minuut om nog even het huis in te rennen om de baby uit de box te halen.

"Deel van de koop is wel dat jullie nu moeten blijven kijken wat ik ga doen," zeg ik, en met wat hulpstukken gewapend ga ik door de eikehoutendeur met ruitjes de huiskamer in. Ik kijk om me heen en overzie mijn edele taak: BATS. Met een moker ram ik het landschapje van de muur en het leren lampje met belachelijke zwabbertouwtjes. DOFF, de grote porseleinen dalmatiër is met één beuk aan diggels. Bezeten kerf ik nerven in het poepbruin leren bankstel met die dieper liggende knopen. Kapot, kapot, alles moet kapot. Ik smijt de videorecorder door de televisie en *Bananasplit* verdwijnt van het scherm. O, u dacht dat ik

Ralph Inbar was? Ik ben een beest, genadeloos. Ik veeg alle prullaria van de vensterbank en leg er een lange drol voor in de plaats. Mijn gat veeg ik af aan de gordijnen. Ik ruk de koperen hanglamp van het plafond, verbrijzel alle elektrische kaarsjes en vertrap de metalen kaarsdrup. Ik hak, ik ram, ik vernietig. Ik smeer poep aan het behang. Met een pikhouweel splijt ik het wanstaltige wandmeubel en vermorzel de fotolijsten van de familie.

En als kroon op al het werk – ik zie de vrouw van de stratenmaker verbijsterd door het venster turen – zet ik de glazen op het bijzettafeltje naast de viltjes.'

'En toen?'

'En toen niks. Toen kwam ik klaar, denk ik.'

Fräser gooit wat stokjes op het vuur en komt naast me zitten. We mengen Jameson met Amaretto, een luguber drankje. Zoet en sterk.

Lange, niet vervelende stilte.

Ik vis een denkbeeldige gitaar op uit de grijze ton en improviseer een lied.

*'I am sittin' by the fire, drinkin' beer,*
*an' I'm thinkin' 'bout the women who aren't here,*
*I am lonely in this forest can't you see,*
*an' I wish that all the women were with me.'*

Fräser haakt in op de melodie en zingt mee. Aandoenlijk beeld: twee jongens in het diepst van de nacht in een ver land, die wild stampend en luid schreeuwend een lied schallen over een verlaten rivier. Zingen omdat kanoën zo verrukt.

Als we uitgezongen zijn, gaat Fräser wijdbeens staan op de punt van het eiland en slaakt: 'SAMARINDE, IK HOU VAN JE! KOM NAAR ME TOE! NU! NEEM ME! HIER! IK WIL JE!'

Maar Samarinde komt niet. Fräser schopt de kano.

'Ik zit met een probleem, vriend,' zegt Fräser, 'en jij mag me daarbij helpen. Stel, ik ben verliefd op Alinda en zij is ook verliefd op mij. Leuke, mooie, intense liefde. Ik wil *alleen maar* bij Alinda zijn, en de rest interesseert me niet.

Alinda wil Grieks eten. Eten we Grieks. Alinda wil toch liever Joegoslavisch. Eten we Joegoslavisch. Toch maar liever wil ze Italiaans. Eten we Italiaans, wat kan mij dat schelen als ik maar bij haar ben. Dansen bij Woolloomooloo. Prima. Dansen in Fellini's. Ook goed. Astaire. You say it, sugar. Mag ze bij me komen? Tuurlijk. Kom ik naar haar toe? What ever you want, peanut. Mij maakt het niet uit! Alinda maakt het uit. Ik was te volgzaam.

Stel ten tweede. Ik heb wat met Ineke, op wie ik minder dan vreselijk verliefd ben, maar wel heel erg. Zij ook op mij. Ik stuur haar brieven, zing aria's, breng grote bossen bloemen, de hele reutemeteut, ik hang gewoon de heel erg leuke, gekke, waanzinnig verliefde jongen uit. Dat maakt de seks ook lekkerder. Doordat ik zo verkikkerd op haar ben – en hier komen we bij een ongrijpbare eigenaardigheid die der vrouwen is – wordt Ineke mínder verliefd. Onbegrijpelijk, maar waar. Op het moment dat ik merk dat haar verliefdheid tanende is, verkoelt onze relatie. Ik schrijf geen brieven meer, ik bel niet meer, ik vind het prima zo af en toe te walsen, maar verder heb ik geen interesse. Wat gebeurt? Ineke wordt plotsklaps weer "verliefd" op mij, want ik doe zo koel en ben zo onbereikbaar, ik ben weer interessant.'

Fräser pakt de whiskeyfles.

'Ergo, waar het op neerkomt: ben je verliefd op een meisje, dan moet je spelletjes spelen. Dominerend kunnen zijn. Afstandelijkheid tonen. Onbereikbaar zijn. Punt is: ik heb helemaal geen zin om spelletjes te spelen.'

Fräsers houding verandert. Verre van aangeschoten en oprecht bedachtzaam zegt hij: 'Het probleem is met Samarinde: ik weet niet hoe ik mij aan haar moet binden.'

Dan knijpt hij zijn ogen dicht.

'Fuck, dat rijmt.'

Reza vond dat zij verliefder was op mij dan ik op haar. Ze wist zeker dat als we elkaar een tijd niet zagen, zij mij meer miste dan ik haar. In mijn agenda schreef ze:

Nooit weet ik wat ik aan je heb. Als je iets zegt, weet ik nooit of je dat nu meent of niet. Als je lacht, weet ik nooit of je echt lacht, of maar doet alsof. Je pest zo graag, maar je kan er niet tegen als je zelf gepest wordt. Je kan mensen zo (onredelijk) afkraken, terwijl je later doet alsof je ze mag.

Soms lijkt het alsof je veel van me houdt, dan weer denk ik dat je een hekel aan me hebt.

Ik vind dit intrigerend, maar tegelijkertijd verwarrend. Toch hou ik van je. Heel veel.

Misschien wel daarom.

Reza.

Reza was zo vaak boos op mij. We belden, verliefdverliefd, elkaar zo'n beetje iedere godvergeten dag. Wat heb je gedaan vandaag? Heb je aan me gedacht? Hoe laat stond je op? Wat heb je gegeten? Wat ga je doen?

Een keer toen ik bij mijn moeder was, vroeg Reza: 'Wat doe je nu, op dit moment?' en ik vertelde haar wat ik deed: 'Nu op dit moment zit ik even aan wat borsten,' want ik zat op dat moment met één hand aan wat borsten. Een bevriende kunstenaar van mijn moeder had de borsten van zijn vriendin in glas gegoten en mijn moeder (de jaren zeventig!) had die glazen hangtieten naast de telefoon bevestigd.

Reza boos.

Een half uurtje later hebben Fräser en ik al heel veel van het gevaarlijke mengseltje Jameson-Amaretto op. Het is lekker spul. Echt waar. Lekkerlekker.

We zingen samen:

*'To all the girls we've loved before,*
*Who travelled in and out our door,*
*We're glad they came along,*
*We've dedicated this song,*
*To all the girls we've loved before...'*

(Ik doe Willy Nelson en Fräser Julio Iglesias.)

Fräser claimt het om te gebruiken als motto voor een roman. Fräser en ik claimen voortdurend, de kleinste ideeën, de onbeduidendste gedachten; om te gebruiken in ons werk. Soms denk ik wel eens dat we alleen maar bij elkaar zijn om ideeën te kunnen claimen.

Fräser boert.

'Misschien is dit een goed moment om een gedicht te citeren van de terecht te jong gestorven dichter... fuck, hoe heettie nou?'

Fräser wil iets citeren.

'Wat de kut, doet er ook niet toe hoe ie heet, Edgar, jongen, citeren die vogel.'

'De terecht te jong gestorven dichter... ik weet godverdomme echt niet meer hoe die klootzak heet.'

'Wat een onzin trouwens om van een dichter, of kunstenaar, te zeggen dat hij "helaas" te jong gestorven is. Bij een groenteboer hoor je dat epitheton nooit.'

'Wij herdenken hier de dood van de helaas te jong gestorven groenteboer Achterberg en als wij ons voorstellen wat hij in zijn verdere leven nog aan groenten had kunnen verkopen, dan wordt het ons toch echt even droef te moede.'

'Mango's, aubergine, granaatappels, avocado's, kiwi, courgette, schorseneer en het magnum opus: de pompoen.'

Fräser vindt het gelul dat ik dit claim. Zegt boerend dat het zijn idee was. Hoeft het idee al helemaal niet meer. Was toch een kutidee. Puur kut.

Hij is zelf een lul, die zak. Geef hier die fles.

'Ze kunnen godverdomme landen op de maan, maar ijsblokjes die uit de bomen vallen, moeten zeker nog worden uitgevonden,' zeg ik.

'De godvergeten klootzak die Salinger wil imiteren, is of gek, of geniaal, dat zweer ik!' roept Fräser niet voor de eerste en vast ook niet voor de laatste keer.

'Even serieus nu,' pruttelt hij verder, 'het enigste dat ik mij wel eens afvraag...'

*'Enige.'*

'Zei ik enigste? Kut, zeg. Soms schrijf ik het ook wel eens

op, weet je dat. Maar dan laat ik het maar gewoon staan.' Hij grijpt naar de fles.

'Liever trek ik mezelf helemaal het leplazerus af, dan dat ik ooit één regel herschrijf!'

Deze opmerking ken ik ook al uit zijn standaardrepertoire en heeftie volgens mij van mij gejat.

'Roon, ik vraag me wel eens af: ben ik wel grof genoeg? Ik vin mezelluf zo soft.'

'Eddy, je ben echt wel grof, heus.'

'Echt?'

'Echt.'

Fräser is gelukkig. Hij is echt wel grof.

Stilte.

'Zullen we over de kutscheet gaan praten?'

Als Fräser goed dronken is wil hij altijd over de kutscheet praten.

'Wat is daar nou aan, Edgar?'

'Pfbrbrpllbrrr,' onomatopeet hij.

'Fräser...'

'Pfbrbrpllbrrr.'

Straks als Fräser helemaal strontlazerus is roept hij alleen nog maar: 'Lawenadehoerega, hé Roon!, lawenadehoerega.' Maar eerst staat hij op om in het natural harbortje groots en meeslepend te kotsen.

De periode in ons venerische leven dat Reza en ik grondig en veelvuldig onderzoek deden naar onze persoonlijke Kamasutra en we alle varianten van de tweeëndertig basisposities zelf ontdekten. De periode dat acrobatie nog een sport was.

('Ehmm, als ik nu eens zo, dan jij zo en jaja, dat is lekker ja daar ja, o ja, gaaf man, weer één, wil je klaarkomen?')

Honderden spelletjes. Ik de buurman, zij het jonge meisje. Zij een grote verleidster, ik een koele jongen. Zij een moeder, ik een jonge zoon (Wenen, 1910). Ik een leraar, zij een studente. Ik God, zij een ezel. Ik gek, zij een psych. Zij ziek, ik een dokter. Ik een boer, zij de meid. Zij een hoer, ik de klant.

En haar lievelingsspelletje: zij een dood meisje.

'Nu ben ik dood,' zegt Reza, als we liefdesspelletjes aan het spelen zijn, en ze gaat liggen met haar ogen dicht. Ik speel somber mee. Haar levenloze maar toch nog warme lichaam.

'En dan ben jij een heel erg zielige jongen, die het nog nooit gedaan heeft maar het toch heel graag een keer zou willen doen,' zegt het dode meisje.

De heel erg zielige jongen kijkt naar haar.

'Ohoo, een naakt meisje! Dat heb ik nog nooit gezien. Maarmaar, ze is dood. Ze is... Wat nu? Ik moet iemand waarschuwen, maar er is helemaal niemand in de buurt. Mijn God, een naakt meisje. Wat zacht is haar hals. Hoe zacht zijn haar lippen. (*Aanwijzing*: heel erg zielige jongen kust het dode meisje.) Hoe zacht voelen haar borsten, en haar buik, en haar billen, en haar benen? (*Aanwijzing*: heel erg zielige jongen voelt en kust de borsten van het dode meisje, en haar buik, en haar billen, en haar benen.) Hoe zou haar kutje eruit zien? Ik heb nog nooit een kutje gezien. (*Aanwijzing*: met zijn hand streelt de heel erg zielige jongen het schaamhaar van het dode meisje.) Ze is helemaal vochtig van binnen. Zijn meisjes altijd zo vochtig daar? Het smaakt vast heel goed.' (*Aanwijzing*: heel erg zielige jongen brengt zijn smaakpapillen naar het schaamhaar en proeft door er heftig aan te likken.)

'Het dode meisje wil nu geneukt worden,' piept het dode meisje na een tijdje.

'Zal ik, o nee, ik moet er niet aan denken, zal ik... ik bedoel, ik wil het nu ook wel eens weten, zal ik *het* met haar doen? Zal ik hem erín steken?' (*Aanwijzing*: heel erg zielige jongen penetreert het dode meisje en beweegt langzaam in en uit haar, onder het roepen van de kreten 'ooo', 'aaa', en 'nooit geweten dat het zo kon zijn'.)

Na een poosje fluistert het dode meisje: 'Sneller, sneller,' en als ze haar kreunen niet meer kan smoren, geeft ze toe: 'Ik ben helemaal geen dood meisje, ik ben Reza!' Ze maakt plotseling wilde schik- en schokbewegingen met haar lichaam en ze slaat haar armen om de heel erg zielige jongen, die helemaal geen heel erg zielige jongen blijkt, maar gewoon Ronald.

Pijnlijk moment 's ochtends: mijn pik staat strak en ik heb mezelf bloot gewoeld. Ik draai me om naar Fräser die nog slaapt. Het is al licht maar de zon is nog verscholen achter de bomen. Het is niet echt koud. Een vogeltje wipt van de kano op de grond, van de grond op de kano, minuten achter elkaar. Ik wil opstaan, maar mijn stijve steekt door de gulp van mijn boxershort. Dat je op een onbewoond eiland in een uitgestorven bos niet op durft te staan omdat je een erectie hebt. Ik haal het contactlenzendoosje uit een schoen en met twee korte bewegingen zie ik weer scherp.

Een naaldboom op het eiland is versierd met wc-papier.

Fräser heeft een boxershort met rode balletjes aan.

Dat is godverdomme...

Fräser heeft godverdomme mijn boxershort met rode balletjes aan.

Helemaal mooi.

Die broek die ben ik kwijt geweest en God weet hoe ik me daarom gevoeld heb. Het was niet zomaar een onderbroek: het was DE ALLERMOOISTE ONDERBROEK DIE IK OOIT GEHAD HEB.

Ik kocht hem in gelukkige tijden; verliefd tegen elkaar aanzwalkend slenterden Reza en ik door lange winterse winkellanen. Het was in de sociologische periode dat iedereen nog gewone onderbroeken droeg, van die lullige badstoffen slips van de WIBRA. Reza vond dat ik daar maar eens vanaf moest en in een dure zaak ontdekte ze een rek met boxershorts. Tenzij de mode anders voorschrijft, zal ik nooit een non-conformist worden – maar Reza wist me met enige lichamelijke aandrang over te halen een boxershort te kopen; ze streek midden in die dure zaak even met haar hand over mijn gulp en zei dat ze het héél erg opwindend zou vinden. Onmiddellijk zocht ik er een uit.

Een witte, met rode balletjes.

Luister, vogeltje, in wezen wil natuurlijk iedere man die voor het eerst zelf een onderbroek koopt, een onderbroek kopen die lijkt op de onderbroeken die zijn moeder altijd voor hem kocht, dat is niet zo moeilijk te volgen. Door rigoureus een ander soort onderbroek te kopen, van een andere stof, uit een andere cultuur, met een totaal andere draagstijl, maakte ik mij als het ware in één keer los van mijn milieu, werd ik als het ware in één keer volwassen. Ik ging op kamers, ik stopte godzijdank met studeren en dat ik nu ben wie ik ben, komt misschien wel door dat ene broekje, vogeltje.

De avond dat we mijn rode-balletjesboxershort gekocht hadden (negenenzestig gulden) vreeën Reza en ik uitbundiger dan ooit. Vlak voordat ik voor de honderdveertigste keer achtereen dreigde klaar te komen, schudde ze me vertwijfeld door elkaar en eiste van me dat ik zou beloven voortaan alleen nog maar boxershorts te dragen, een gelofte die ik, al klaarkomend, met vure aflegde en die ik tot op de dag van vandaag gestand heb gedaan, een tot bloedens toe geschuurde voorhuid en honderden ongewilde zwabbererecties ten spijt.

En die onderbroek heeft Fräser nu aan. Ronalds fameuze rode-balletjesbroekje. Ronald, de grote winnaar van het klimklassement. Mooi is dat.

Als ik beter kijk zie ik dat Fräsers balletjes oranje zijn. Het vogeltje is trouwens weggevlogen en mijn erectie ben ik ook al kwijt. Ik sta op en verhoog het waterpeil van de Dordogne met vierhonderdvijftig centiliter. Of zoiets, niet zeuren.

Een mooi moment:

| | |
|---|---|
| Tijd: | Kerstavond 1987, tijd om te gaan slapen. |
| Personen: | Reza (vrolijk en ontvankelijk).<br>Ronald (koortserig, in bed, alleen in boxershort). |
| Plaats: | Reza's kamer bij mw. Van de Bergshol, die zelf bij haar familie verblijft.<br>Geen kerstboom, wel veel kaarsjes. |
| Thema: | Gelukzalige verliefdheid in voor- en tegenspoed en de onvermijdelijke lichamelijkheden. |
| Motto: | Minnen, wat is minne dan?<br>Minne sal een lieflic schijn,<br>Tusschen vreemden luden sijn<br>Dirc Potter |

'Jij een gewonde Nederlandse soldaat in het oerwoud (achtergelaten door zijn maten), en ik een verdwaald Indonesisch meisje,' zegt Reza en ze speelt dat ze me ziet liggen en dat ze daarvan schrikt. Ik kreun en zucht, en dat is niet gespeeld. Reza komt langzaam dichterbij.

'Wees niet bang voor me, meisje, ik zal je niets doen.'

'Jij bent een moordenaar,' zegt Reza met een afgemeten, Indonesisch accent.

'Nee, meisje, echt niet, ik ben gewond, dat speel ik toch niet? Wil je me niet helpen?'

'Als ik bij je kom, ga je me verkrachten.'

'Nee, heus niet...'

(Wil ze dat?)

'...ik heb veel pijn, kom eens hier.'

Indonesische Reza komt schichtig naar me toe en bekijkt mijn wonden. Ik verkracht haar niet. Ik scheur met één hand en m'n tanden een stuk van m'n denkbeeldige legerhemd af en ik vraag of ze dat ergens wil natmaken, zodat ik er mijn verwonding mee kan deppen. Indonesische Reza rent naar de keuken, ze laat de kraan stromen en ze rent weer terug.

'Adoe ja, ben je beschoten of zo?' vraagt ze, terwijl ze het vuil uit m'n wonden probeert te vegen.

'Ja, auw!'

'Sorry.'

'Geeft niet. Hoe heet je eigenlijk, meisje?'

'Reza.'

'Mooie naam. Goed Reza,' zeg ik, als ze de doek om m'n arm heeft geknoopt, 'zou jij voor mij een sigaret kunnen pakken? Ze zitten in m'n broekzak.'

Indonesische Reza steekt haar hand onder het dekbed en ze graait in mijn schaamstreek op zoek naar een denkbeeldig pakje sigaretten. Als ze het pakje gevonden heeft, haalt ze er met één hand een sigaret uit en houdt die voor mijn lippen. Van tafel pakt ze een pakje lucifers en strijkt er een af, een echte. Ik inhaleer de lucht tussen mijn wijs- en middelvinger en bekijk Indonesische Reza.

'Hoe oud ben je, Reza?'

'Ik ben bijna dertien... Kijk, mijn borstjes beginnen al te groeien,' zegt ze, en ze trekt haar cacaobruine T-shirt op om het te staven. Aanstalten om ook haar uit bamboevezels gevlochten rokje op te trekken maakt ze niet. Wat is ze mooi, mijn Indonesische Reza, in dit kaarslicht. Kaarslicht.

'Bij ons is het nu Kerstmis,' zeg ik, 'vieren jullie hier ook Kerstmis?'

'Kerstmies?'

'De geboorte van Christus.'

'Chriestus?'

'Jezus! Het feest van zijn geboorte. Ehmm. Geslachte kalkoenen, kribbetjes, Maria en Jozef, mistletoes, kerstbomen. Kerstbomen, hebben jullie hier geen kerstbomen?'

'Adoe nee.'

Ondanks mijn verwondingen sleep ik me van het Ikeabed en ga met Indonesische Reza voor een boompje staan.

'Dan gaan we een kerstboom optuigen!' zeg ik, 'hier een boom, maar het is wel een naaldboom, dus pas op: hij prikt.'

Ik sta achter haar en met mijn armen stuur ik de bewegingen van haar armen.

'Eerst moeten we er wat slingers omheen doen, ja zo ja, ehmm, dan draaien we een lichtsnoer in de takken, goed zo, leuk hè, en pak nu zo langzamerhand maar de ballen.'

'Ja, mag ik de ballen pakken?' zegt ze opgelaten, terwijl ze zich naar me toe draait.

'De ballen en het vogeltje, Reza.'

Even laat ik haar haar gang gaan.

'En tot besluit: de piek!'

'De piek! De piek!' roept ze hard, met beide handen pakt ze de piek en zet hem op de kroon.

'En helemaal klaar maken we de boom,' zeg ik, 'door er een laagje witte sneeuw overheen te spuiten.'

'O ja, leuk!' schreeuwt Indonesische Reza, maar in haar enthousiasme komt ze iets te dicht bij de boom, stom zeg, en had ik haar niet gewaarschuwd: hij prikt inderdaad.

Uit die tijd herinner ik me nog iets:

Reza en ik lagen bij mijn ouders op het zitzakbed, een typisch staaltje jaren-zeventig-wansmaak: drie met touwen aan elkaar geknoopte canvaszakken die opgestapeld een stoel vormden en neergelegd een matras. Althans: een soort stoel, een soort matras. Althans: het kraakte niet als Reza en ik erop vreeën.

Ik las een boek (waar ik toen de tomeloze energie vandaan haalde weet ik niet meer) en op haar buik gelegen volgde Reza anatomische les. In een film van Bert Haanstra heb ik wel eens een jonge aap zeer aandachtig een dode muis zien bestuderen, en daar leek het een beetje op.

'Je ene bal hangt iets lager, lijkt het wel. Er loopt een naad die je lul en je zak in tweeën deelt. Je hebt hele kleine witte blaasjes onder je eikel. Er lopen blauwe aders in de diepte en kleine rode aan de oppervlakte. Het lijkt, wat gék, of je zak ademt! Hij spant en ontspant, spant en ontspant. Hi, je hebt een ademende lul.'

Het verveelde haar geen moment en toen ze iedere vierkante millimeter uit haar hoofd had geleerd, ging ze rechtop zitten en begon ermee te spelen. Mijn pik als lullypop.

Ze liet hem veren, dansen, buigen voor publiek, ze legde er een strikje in, óm bedoel ik, en ze speelde verstoppertje met behulp van een washand. Daarna rende ze naakt naar de keuken, kwam hijgend weer terug, stak voorzichtig een omgeklapt ijsparapluutje in mijn spuigaatje en zei dat dat tegen de regen was. Met haar oogpotlood, mascara en lippenstift maakte ze er ten slotte een 'kunstwerk' van. Een vrolijk gezicht.

Tijdens dit al bleef ik lezen en vaststellen dat ik erg gelukkig was. Het boek dat ik in mijn handen had moet ik aandachtig hebben gelezen, want toen Reza met zachte stem zei: 'Ronald, zal ik hem eraf snijden?' en ik neerkeek op mijn schaamstreek, schrok ik me rot.

Ze hield. Een scheermesje. Bij de wortel. Van mijn pik.

Een tijdje keek ze me aan met toegeknepen ogen, zonder enige emotie. De op één na langstdurende seconden van mijn leven. Toen trok Reza het blinkende mesje weg.

'Grápje...'

Morrend rekt Fräser zich uit. Hij zegt dat hij zich voelt als het kapotgeschoten hoofd van John F. Kennedy. Op zijn T-shirt staat *Con tú la vida es sin completamente*, en verder een zwart-wit foto van een knappe man en vrouw in een outfit van de jaren zestig. Postmodern moraaltje, fotootje: hedendaagse emblemata, zulke T-shirts.

'Dat heb ik scherp gezien, Ronald.'

Pas als Fräser zijn NRC-brilletje op heeft gezet, ziet hij er weer uit als een fatsoenlijke intellectueel.

En wat ik al gevreesd had geschiedde: Fräser vindt dat we de dag moeten beginnen met 'een frisse duik'. Zijn bril zet hij weer af en met een aanloop springt hij verticaal het water in. Zijn schreeuw weergalmt in het Dorrrdognedal. Onmiddellijk rent hij met grote stappen uit het water, en duikt nog eens. En nog eens. Dan blijft hij in het water.

'Heerlijk,' roept hij verkrampt, 'heer-lijk!'

'Als je niet eerst even je polsen goed hebt natgemaakt, kan je een hartstilstand krijgen,' probeer ik zijn enthousiasme iets te temperen. 'Er zijn al heel wat mensen op die manier doodgegaan.'

'Kom er ook in!' maant Fräser. 'Het is... overweldigend!'

En zwakke softeling die ik ben, weet ik nu al dat ik die doelloze marteling zal ondergaan: om van het gespetter en van het gezeur af te zijn. Ik maak mijn polsen nat en spring. Het kapotgeschoten hoofd van John F. Kennedy. Ik kreun van kou.

Fräser schaterlacht en probeert mij onder te duwen. Hij doet een poging me te omklemmen, maar onze lichamen zijn te glad en ik weet me los te wringen. Ik zwem van hem vandaan, terwijl hij een mislukte greep naar mijn benen doet. Als ik weer op de kant sta, roept hij vanuit het water: 'Ronald, als ik een homofiel was, zou ik met je naar bed willen. Ik meen het. Volgens mij is dat het grootste compliment dat de ene hetero de andere kan maken.'

Later keren we de grijze ton om en het water loopt er uit. Ook rapen we onze spullen bij elkaar. Troep laten we niet op het eiland achter, we blijven gewoon heel erg volwassen. We draaien de kano om en leggen hem in het water. De grote ton in het midden van de boot, de kleine in de voorsteven. Als we beiden in de kano zitten wil Fräser nog niet wegvaren. Hij draait zich om.

'Ronald, laten we elkaar één ding plechtig beloven. Laten we afspreken dat we vannacht en de andere dagen óf in een hotel slapen, óf in een tent bij twee mooie vrouwen.'

'Fräser, ik wilde net hetzelfde voorstellen.'

'Dat is dan geregeld.'

Hij draait zich terug, wacht en draait zijn dikke lijf nog een keer.

'Laten we überhaupt deze tocht op een hoger niveau brengen, ik bedoel, laten we de tocht een doel geven, een naam.'

Ik knik en denk.

'Dordogne 1990, queeste naar liefde, literatuur en geluk.'

*'Dordogne 1990, Grote Queeste Naar Literatuur en Seks,'* zegt Fräser, 'want liefde en geluk is samen seks.'

Liefde en geluk is samen seks.

Ik knik.

We geven elkaar een hand.

We slaan om.

Fräser en ik hebben net vier keer achtereen de rivier een fors stuk opgelopen om ons met zwemvesten aan door de stroming weer mee terug te laten voeren. Een ongekende ervaring. Tegen de snelle rivier is geen verweer, het water grijpt je en neemt je mee. Fräser zegt dat hij het een heel indrukwekkende *experience* vond, tot het moment dat hij besefte hoe een hedendaagse Nederlandse rederijker een gedicht zou schrijven over 'het je laten meevoeren door de stroom met een zwemvest aan' en de persoonlijke gebeurtenissen zou *optillen* naar een universeel niveau, daarmee suggererend dat zo'n tocht eigenlijk een metafoor is voor het leven zelf, voor het schrijven van een gedicht, voor die hele godvergeten poëzie.

De kano ligt aangemeerd bij een grootgruisstrandje en wij eten mandarijnen. Ik zit op een basaltblok, Fräser staat tot zijn enkels in het water en zoekt stenen met zilverertsaders.

We zitten er een uur. Geregeld passeren er kano's en naar de peddelvoerders zwaaien we vriendelijk, zoals het hoort op en langs het water. Fräser uiteraard té vriendelijk: 'Hallo, lieve mensen!'

De lieve mensen in de kano's: ouders met kinderen, ouders zonder kinderen, kinderen zonder ouders, belegen paartjes, groepen Franse jongeren; ja, het is een gezellige bende.

DAN:

In de verte zien we een gele tweepersoonskano, ook van het verhuurbedrijf Safaraid, en er zitten twee meisjes in. Er zitten *alleen* twee meisjes in. Fräser stopt subiet met stenen rapen en gaat rechtop in het water staan. Fräser is plotseling niet dik meer, maar sterk gebouwd. Ik gooi de mandarijneschillen in de ton en zet mijn zonnebrilletje op. Het rotding is eigenlijk te klein, maar nu ben ik blij dat ik hem heb.

De meisjes komen langzaam dichterbij en verdomd, het zijn geen meisjes meer: het zijn twee mooie, jonge vrouwen. Voorin de kano peddelt een goudgebruinde blonde engel en achterin zit een bronsgetinte gekroesde godin.

'Kijk die blonde,' prevelt Fräser.

'Kijk die negerin,' prevel ik.

Zoals ze zit, die negerin. Haar armen gestrekt achter zich op de achtersteven van de kano. Haar benen gespreid over de zijranden, haar voeten onzichtbaar in het water. Haar hoofd in haar nek. Met toegeknepen ogen kijkend naar de Dordogneheuvels.

Een vlaag van onverwachte schoonheid.

Kijk, als je een boek leest, een film ziet, als je aan het vrijen bent in getemperd licht, als je in Ierland het erf van je cottage verlaat: dan hoef je je er niet over te verbazen dat je geraakt wordt door schoonheid. Als je je echter *niet* ontvankelijk hebt opgesteld en je wordt geconfronteerd met een poëtisch moment – bij voorbeeld je eerste grote nachtelijke autorit, of de keer dat in de rij bij Albert Heijn een vrouw J.C. Bloem citeert, of het moment dat je bij een moedeloos makende familierivier in een kano een meisje ziet zitten: rechtop, steunend op haar armen, wijdbeens, hoofd in haar nek, kijkend naar de hemel – dan lijkt het alsof deze schoonheid een extra dimensie heeft en je nog meer overdondert.

Dit meisje is een sublieme vlaag van onverwachte schoonheid. *Zoals ze zit*. Ik wil gewag maken van een jubelgevoel: wat is ze overdonderend, dit meisje. Opsomming: haar haar, haar gezicht, haar blik, haar kleur, haar lichaam, haar benen.

De meisjes komen dichterbij.

Het donkere meisje brengt zonder reden haar handen naar haar nek, gooit haar haar los en kijkt me aan. Haar blik, de vorm van haar gezicht. Ze ademt door haar mond, maar haar tanden heeft ze op elkaar. Schopenhauers meningen over vrouwen slinken tot laffe boutades. En als zij Helena heet begin ik nu en hier weer een Trojaanse oorlog, dat zweer ik.

Dit meisje.
Ik vind haar.
Ze is de allermooiste negerin van de hele wereld.

Flashback! Reza was een beetje geobsedeerd door negerinnen. Het eerste kutje dat ik heb gelikt, was een mauve kutje. Het meisje van het kutje heette Iris. Ze kwam uit Curaçao en daar was ik geweest en dus mocht ik haar likken. Iris werkte in Soest-Zuid bij de textielzaak Brouwers, wat ik een opmerkelijke vorm van *octaviteit* vond, want ik was idolaat van het werk van Jeroen Brouwers. Door Iris te minetten likte ik de literatuur. Later in Flater, nog voor ik iets met Reza had, heb ik stoer tegen 'ons groepje' beweerd dat ik het Arne uit *Nooit meer slapen* nazei: 'Eenmaal een negerin, altijd een negerin. Als een tijger die mensenvlees heeft geproefd.' Reza heeft dit onthouden, zoals ze altijd alles onthield.

Dit meisje, deze donkere nimf. Ze kijkt me aan en ik haar. Haar ogen naderen (in slow motion uiteraard) de mijne. Het lijkt of de meisjes naar ons toe kanoën, maar dan steekt het blonde meisje haar peddel in het water en houdt deze met twee handen onder het wateroppervak gedrukt, waardoor hun kano weer op een rechte koers komt.

Ik blijf de negerin aankijken. Zij wendt haar hoofd af en kijkt naar de overkant van de rivier. Een paar seconden zie ik een eeuwigheid haar borsten.

Een ontroerend moment in m'n leven was het moment dat Reza en ik in plaats van een college voor te bereiden, gevreeën hadden. Het was niet zo leuk geweest: Reza deed als altijd verwoede pogingen klaar te komen, eerst vrolijk en ongedwongen, daarna verbeten, en toen het niet lukte werd ze boos en gooide een vaasje van tafel. In het gesprek dat daarop volgde, over 'ons', over 'liefde', over 'vrijen', over 'aantrekkelijkheid', over 'andere meisjes', werd Reza al pratende bedroefder en bedroefder. Ze begon te huilen, eerst heel zachtjes en bewegingloos, daarna schokkend met uithalen en hoge snikken – en na mijn tientallen 'wattissers' ('heewattisser? Heewattissernou? Hee Reza? Heemeisje?') maakte ze me duidelijk wat haar dwars zat. Met betraande ogen en een onvergetelijke blik gebaarde ze naar haar borstjes.

'Ieder meisje heeft borsten, alle vrouwen hebben borsten, allemaal hebben ze tieten, behal-le-ve ik.'

Boehoehoe. Ontroerend moment. Ik huilde bijna met haar mee.

Haar bijna jongensborst, haar haar van goud.

Reza was geobsedeerd door andervrouws tieten. Honderden malen moest ik haar bezweren dat ik haar hoofse boegje prefereerde boven de haverzakken van volkse lellebellen, maar opbeuren deed haar dat nooit. Reza had een grenzeloze minachting voor haar borstjes en kon zich niet voorstellen dat Wiedanook ze zou begeren. Ik begeerde ze, vond ze mooi en vond het tevens overdreven dat Reza haar gemoed zo liet beïnvloeden door het voldongen feit van hun grootte. Tot ik reacties van anderen zag. Kunstenaarjean-marc vond Reza 'een pittig ding', maar alleen jammer dat ze van die kleine tietjes had. Meesterberend riep dat Reza het ongetwijfeld zou gaan maken op de faculteit, maar vroeg wel of ik niet iets wilde hebben om lekker beet te pakken. Om m'n oren aan te warmen.

Ik begon me af te vragen: Ja maar, is het dan werkelijk zo dat iets onbeduidend uiterlijks als borsten een rol speelt en zelfs van belang is? Is het dan werkelijk gewoonte om vrouwen tot hun twee vormeloze vleespropjes samen te ballen?

Blijkbaar.

Reza en ik bezochten een literair café. Na afloop zat Reza met een vriendin aan de bar en wij (jongens) stonden bij de Grote Schrijver en de Grote Criticus. De criticus, een man die voor zijn beroep serieuze literaire werken doorvlooit in een strooptocht naar metaforen, samenhang en intertextualiteit, stond schuimbekkend (en zijn gespreide vingers dertig centimeter voor zijn romp schuddend) te schreeuwen dat een vrouw pas een vrouw was als ze bórsten had, dat hij hield van prammen, van enorme mmmémmen, van tieten, tieten, grote tieten.

Kijk, dat het plebs zich aftrekt op bespottelijke pin-up programma's, ach, daar is het een kudde dieren voor – maar deze criticus was een intellectueel, en toen nog: een voorbeeld. Lachen met hem, lachen, man.

Ik zag Reza kijken. Alleen maar kijken. Van haar ogen droop een onbedrieglijk verdriet. Als van een kind dat per ongeluk een eindelijk gekregen te duur cadeau op de grond kapot laat vallen. Als van een moeder die voor oudejaarsavond een dure fles wijn gekocht heeft, die op de avond zelve bessen-appelsap blijkt te zijn. Reddeloos verdriet.

Dank zij de geschreeuwde verzuchtingen van de ongetwijfeld impotente, literaire klootzak moest ik Reza 's avonds in bed koesteren en wiegen.

Huil maar, Reza. Ranke Reza. Ik streel je prille borstjes wel, ik lik ze en druk ze tegen me aan. Stil maar, Reza. Lieve Reza, mooie amazoi.

De meisjes in de kano passeren ons.

Fräser, doe jij dan wat! De meisjes varen op nog geen vijf meter en jij staat daar maar in het water. Je hoeft alleen maar met je hoofd te knikken om het contact (en gevoelvolle liefde tot de dood) tot stand te brengen. Maar je doet niets. Bek vol tanden. Denk dan aan onze plechtige belofte van net, jongen, en aan jouw repertoire openingszinnen.

Fräser draait zich even naar mij om en kijkt me aan met een hulpeloze blik, mijn hulpeloze blik. De twee wereldschokkend mooie meisjes varen voorbij; wij hebben geen woord gezegd. Ik zet m'n zonnebrilletje weer af.

Fräser is meteen weer dik.

Onmiddellijk de kano pakken en het water op. Niet te snel, niettesnel, anders gaan die meisjes er misschien wel wat van denken. Gewoon ze rustig straks weer inhalen, en dan beginnen we een goed gesprek. Die mooie donkere lag toch alleen maar een beetje te liggen en die mooie blonde peddelde alsof ze aan het winkelen was, allerlangzaamst. We kunnen hier gemakkelijk nog een kwartiertje bivakkeren, er zijn nog mandarijnen. Gewoon nog een keertje de rivier op lopen en ons nog eenmaal terug laten drijven. Stel nu eens dat ze onderweg een camping aandoen. Of ze kanoën twee goedgebekte, knappe jongens tegen het lijf. Daar gaat onze enige kans om onze plechtige belofte na te kunnen komen. Onmiddellijk de kano pakken en het water op.

De allermooiste negerin van de hele wereld en haar blonde evenknie verdwijnen in de verte achter een bocht. Fräser en ik voeren een quasi-ongeïnteresseerde, korte zoektocht uit – maar als we bij de bocht komen is hun gele kano in geen vennen of beken te bekennen en aan de strandjes en langs het water zitten de meisjes ook niet.

'We zijn ze kwijt, Roon, dat is een feit, Roon,' zegt Fräser, die als een waterheer over de rivier kijkt, 'deze ons door de lieve God gestuurde vulvaatjes, nou ja, dan maar niet neuken deze vakantie: het is graag of niet.'

'Ah, Fräser heeft zijn grote mond weer terug. Ik had van jou wel enige "persuasieve communicatie" verwacht op het moment dat die meisjes ons passeerden.'

Fräser weifelt.

'Ja, ik geef toe, ik had even een appelflauwte. Dat kwam door de schoonheid van die blonde. Attenoie, attenoie, wat een hemeltergend mooi meisje was dat, vond je niet? Er zijn momenten in mijn schrijverschap dat ik al mijn besluiten over literatuur over boord wil gooien om mij alleen nog maar te wijden aan de verering van één vrouw. Toen ik dat blonde meisje zag donderde ik bijna die rivier in van stante pede-verliefdheid.'

Nu moet ik opmerken dat als er maar blonde haren aan zitten, Fräser zelfs op knolraap stante pede verliefd zou kunnen worden, maar in dit geval geef ik hem geen ongelijk.

Maar goed, we waren ze kwijt, dat was een feit.

We staken onze zoektocht en omdat het verschrikkelijk heet is, sturen we de boot naar een grote pijler van een brug en leggen er aan. Er heeft vast nog nooit iemand gezeten, dat is een belangrijk criterium voor Fräser. Als we op het bevogelpoepte beton zitten pakt Fräser de zonnebrandcrème en begint zich in te smeren. We kijken uit over de op dit stuk brede, door zandafgravingen stromingloze rivier.

'En toen ik dat meisje in die kano in haar ogen keek, terwijl ik mijn liefdespeddel in het binnenbroekje van mijn zwemshort voelde kloppen, toen moest ik plotseling aan Samarinde denken. Uitgerekend aan Samarinde.'

Als Fräser na een halve dag insmeren eindelijk klaar is met de tube (ik ben al *hele*maal verbrand), rommelt hij in de ton, dist de sigaren naar boven en hapt er een aan.

'Toen jij afgelopen woensdagavond naar je kamer ging om vlug je spullen bij elkaar te pakken, deed ik ondertussen hetzelfde. Ik legde net wat spullen op mijn bed, toen Samarinde mij onverwachts van achteren in een soort houdgreep nam. Ze hield me vast en fluisterde ijzig en langzaam in mijn oor: "ik blijf jou trouw," en toen liet ze me los.'

Ik kijk hem schouderophalend en vragend aan.

'Ja, zij blijft mij trouw. Zoiets heeft ze helemaal nog nooit gezegd. Ik ook niet, overigens. Ik antwoord: "O," en ik denk: Jezus, gezeik, stront aan de knikker, we zijn er weer. Dus ik hang een lang verhaal op, dat het toch hartstikke goed gaat tussen ons, en dat ik wel trouw kan beloven, maar stel nou, stel nou, en dat mijn trouw dan toch onfatsóenlijke trouw zou zijn, want wat is het verschil tussen het wel willen en het ook doen en het wel willen en het níet doen, alleen omdat je trouw hebt beloofd. En ook leg ik haar uit dat ik, als ik op een ander meisje val, ik toch niet minder van haar houd, enfin, je kent het hele gelul, maar geërgerd wimpelt ze alles af. "Fräser," zegt ze, "sta nou niet zo te *zei*ken, jongen, ik vraag je niets, ik wil niets, ik zeg alleen maar dat *ik jou* trouw blijf."'

We zeggen even niets en zitten rokend in de zon.

'Toch wel mooi,' zeg ik, 'ik vind het wel mooi dat ze dat zegt.'

'Ja? Vind je het mooi? Ik vind het doortrapt.'

Samarinde is Fräsers Grote Verovering. Soms noemt hij haar zijn Uiteindelijke Geliefde. Soms niet.

Hij ontmoette haar in de tijd dat hij zijn faam opbouwde als onberekenbare, onredelijke, wilde gek. Berucht is Fräser om de keer dat ik nog niet gestopt was met mijn studie en als ouderejaarsmentor eerstejaarsstudenten mee naar ons huis nam: allemaal meisjes. Fräser, die terecht een hekel heeft aan alles wat met 'letterenfaculteit' te maken heeft, nodigde ze schijnheilig uit op zijn kamer en stak een onnavolgbaar referaat over literatuur af. Toen een van de meisjes het lef had ergens iets tegenin te brengen, schreeuwde Fräser ontzet: 'Besef je wel wat je daar zegt, oeioeioei, besef je het? Nee, maar beséf je het?' Het meisje besefte het niet en Fräser ging doodgemoedereerd verder. Naar zijn eigen mening bewees hij afdoende dat poëzie inferieur was aan proza, waarop hetzelfde meisje, een volhoudster, vond dat dat *ook maar* een mening was.

'Pas op, hè?' reageerde Fräser fel, 'pas op, meisje, ga niet over de schreef. Laat me je één ding vertellen: ik heb geen mening, nooit. Ik haat mensen die een mening hebben.'

Hij ging onmiddellijk verder de meisjes, nu ze hier toch zaten, even 'de zin van het leven' uit te leggen, want dat hadden ze wel verdiend.

'Luister, de zin van het leven is de functie die het leven heeft voor literatuur. Jammer genoeg en hoe fuck het ook is: literatuur vereist een zekere kennis van het leven. Ikzelf zou dat leven het liefste achterwege laten, maar ja, je mót wel, wil je iets van literatuur begrijpen, van emoties, van beschrijvingen, van al die klotemetaforen. De kunst is om je leven zo functioneel mogelijk te maken. Iedere nieuwe ervaring is een uitbreiding van je begrippenapparaat voor het duiden en vervaardigen van literatuur. En dat is niet iets om lullig over te doen, dames. Toen twee jaar geleden mijn vader en moeder werden doodgeschoten door een maffe, maffe vent, dacht ik, in al mijn verdriet: Dit pik ik toch maar mooi even mee!'

Grote ogen bij de meisjes.

'Maar ik geef toe: het kan ook te ver gaan. Vorig jaar heb ik bewust een relatie "op de klippen laten lopen", niet alleen om er een mooi en droevig verhaal over te schrijven, maar ook voor die voor literatuur zo noodzakelijke ervaring. Ik geef toe, niet helemaal proper, vooral ook omdat het meisje zelfmoord pleegde, maar ja, kan ik daar wat aan doen? Ze besefte zeker niet dat ik het alleen maar deed voor de literatuur.'

'Ik vind dat wel iets met Achterberg te maken hebben,' probeerde de volhoudster hier serieus op in te gaan.

'Met WIE?' schreeuwde Fräser.

'Met Achterberg.'

'Achterberg?' weifelde Fräser, 'die groenteboer?'

'De díchter Achterberg!'

'Waar héb jij het in godsnaam over?'

'Wat jij net zei, dat vind ik wel iets achterbergiaans hebben.'

'O, je vindt het wel iets achterbergiááns hebben. Dom, heel dom. Met een olijk gezicht je eigen minachting voor literatuur ventileren. Staat je niet zo goed, studente. Jouw attitude bevalt me geenszins. Literatuur is iets waar je tegen opziet, zoals dat ook zo prachtig verwoord is in het schitterende boek van...'

Fräser deed een stap achteruit naar zijn boekenkast en plukte er met zijn arm achter zich grijpend ongezien een boek uit.

'...van Willem Brakman, *De gehoorzame dode.*'

Hij wapperde het boek open, scheurde er een willekeurige bladzijde uit en wierp de rest van het boek achteloos over zijn schouder op de grond. Ontsteltenis bij de studenten.

'Ik citeer: "Achter hem aanlopend over de houten planken langs het huis waarop hier en daar wat zand lag dat tussen mijn tenen drong, trachtte ik de slaap van mij af te schudden."'

Hij verpropte het velletje en gooide het in de prullenbak.
'Proeven jullie wat de grote schrijver hier zegt? Literatuur is de slaap van je af trachten te schudden. Dat is literatuur. Literatuur, lady's, is additioneel neuken.'

Het werd tijd om de meisjes bij Fräser vandaan te halen. Ik zag al dat vooral het volhoudstertje Fräser met meer dan gewone belangstelling bekeek, en dus troonde ik de meisjes mee naar mijn kamer, maar Fräser maande het volhardende meisje bij zich en bood haar zijn excuses aan als hij misschien te bot was geweest. Hij wilde het goedmaken, zei hij, en hij trok, wederom willekeurig, een dikke roman van Ger Verrips uit zijn kast. Hij gaf het boek aan het meisje, maar bedacht zich: 'Dit is misschien wel een beetje te dik om zomaar weg te geven,' zei hij. Hij griste het boek terug en pakte het met twee handen beet.

Het meisje (dat was dus Samarinde) schrok echt toen ze zag wat Fräser deed. Ze kreeg de helft van het boek.

Locatie: nog steeds op en om de bevogelpoepte brugpijler.

Voor de derde keer probeer ik van de kano op het beton te stappen zonder om te slaan en een been te breken. Fräser ligt te slapen en zijn blocnote ligt geopend naast hem.

Ik ben zoëven naar het dorpje bij de brug gevaren. Ik verveelde me, Fräser lag te wippen (wip is: *work in progress*, wippen is: schrijven) en in een opmerkelijke aanval van human interest bedacht ik dat ik mijn vriend en maecenas Dani moest bellen. Zijn vriendin is in zwang en hun baby kan ieder moment geboren worden. Ik ben een lieve jongen.

De kano parkeerde ik in een heel klein haventje en ik was nog geen minuut in het dorpje of ik ontdekte dat het bezet was door Nederlanders, louter Nederlanders. Gezellig. Ik ging een boulangerie in voor wat snoep en chocola, en voor mij stond een gereformeerde theezeef die een 'pain de stock' bestelde. Een pain de stock, ogottogod, waarom gaat zo'n vrouw naar Frankrijk op vakantie?

Bij de vierde keer proberen lukt het me op de brugpijler te stappen zonder te overlijden. Fräser wordt er wakker van.

'Ik heb die twee leuke meisjes in die kano gezien,' zegt hij en ik knik geïnteresseerd.

'Ja, ze kwamen langs gevaren, ze zagen me, trokken onmiddellijk al hun kleren uit en staken als mandrilaapjes hun natte, rode kontjes naar me toe. Daarna scandeerden ze: Fräser! Neuken! Fräser! Neuken!'

'Lekker gedroomd, Fräser?'

'Heerlijk.'

Ik leg de kano vast door de ton op een steventouw te zetten en geef Fräser de chocola.

'Nog wat wereldliteratuur geconcipieerd?' vraag ik, wijzend op zijn blocnote. Fräser pakt het, blikt erin en zucht voldaan.

'Ja, nee, echt. Het is weer Kafka.'

Hij scheurt drie volgeschreven velletjes van zijn bloc en vouwt er drie bootjes van, die hij kort achter elkaar te water laat. De bootjes drijven weg en Fräser zwaait ze na: 'Ga maar, kinderen, ga maar, maak Pappa trots.'

De reis van de bootjes duurt slechts enkele meters. Dan vallen ze uit elkaar en worden ze een met het water. Fräser draait zich naar me om.

'Goddomme, Ronald, dit is púúr.'

Verdomd, toen kwam Kafka in ons leven, onze liefdescavia. Reza's hospita mw. Van den Bergshol ging op kamers in een bejaardentehuis en Reza was haar hokje kwijt.

We lagen in mijn bed, we waren luxe uit eten geweest, hadden de hele avond getaalgeild en later op lubrieke wijze gevierd dat we elkaar nog net geen jaar kenden.

'Wat heb je liever,' vroeg Reza uitgeblust, we dronken parfait d'amour uit één glas, aten bugles van de delicatessenzaak (niet die van Smiths, nóóit die van Smiths), we keken naar MTV, maar het geluid hadden we uitgedraaid en vervangen door het monotone gezang van The Smiths (waar Reza heilig ontzag voor had): 'dat ik zwanger ben, of dat ik bij je intrek?'

Ik zweeg lange tijd en zag de ongeïnteresseerde maar bloedmooie, strakgekamde koppen van de vrouwen uit Robert Palmers onnavolgbaar geile clip 'Addicted To Love'.

'Zijn dat de keuzemogelijkheden?'

'Ja.'

'Als je belooft niet de godganse dag The Smiths te draaien.'

'Wat dan?'

'Ja.'

'Bedoel je: "Ja, het is goed, Reza, kom bij me wonen!"?'

Ze omhelsde me en kwam bij me wonen.

Mijn interieur kreeg een subtiele vrouwelijke touch.

Overal zag ik plotseling de kleur paars, aan de muren kwamen grote zwart-witte fotoposters, overal lagen ansichtkaarten en op mijn wastafel slingerden gebruikte wattenstokjes. Altijd en eeuwig vulde The Smiths de stilte.

En ook kwam Kafka in ons leven. Op de dag dat Reza bij me introk, liepen we naar een doe-het-zelf-zaak om pluggen te kopen voor een kruidenrek, toen Reza in een etalage Kafka zag liggen. Ze wees hem me aan, we knikten vastberaden en stapten de winkel binnen.

's Avonds in bed dronk Kafka mee van de Parfait d'amour, maar de bugles lustte hij niet.

'Raar beest,' fluisterde ik hem in zijn oor, dat daardoor grappig op en neer wipte.

Reza was erg gelukkig.

'Hebben we toch nog een beetje een baby,' zei ze en ze kietelde Kafka, of hij haar, dat weet ik niet meer.

Maar goed, iedere dag achtereen nieuwe gebruikte wattenstokjes op mijn wasbak, daar werd ik dus echt gék van. Godzijdank kwam er toen nog een kamer in mijn huis vrij, die Reza en ik er onmiddellijk bij huurden zodat 'een van ons' zich kon terugtrekken als ik alleen wilde zijn om te lezen of te schrijven. Die nieuwe kamer gingen we samen schilderen en inrichten, zoals we driekwart jaar daarvoor de duiventil bij mw. Van de Bergshoef ook hadden opgeknapt.

Haar kamer bij mw. Van de Bergshoef.

Soms, als ik haar muziek hoor, ben ik er weer.

De verstilde momenten van twintig jaar meisjesleven. Een beige beertje; marmeren kaarshouders; een speeltje; oorbellen; nagellakremover; een grijs tafeltje met wat ornamentjes; wat ansichtkaarten; wat pasfoto's van 'leuke kennissen'; een mooie aansteker; twee witte stoelen met bordeauxpaarse zittingen; aan de muur ingelijste foto's uit een damesblad; een reproduktie van een schilderij van Klimt; op tafel een geërfde fruitschaal.

Ik ben te jong om mezelf toe te staan melancholisch te zijn, maar als ik haar muziek hoor, en ik weer in haar kamer ben, dan wens ik bijna 'alles' weer te laten zijn zoals het toen was.

De nadagen van mijn onbezorgde leven, de wilskracht en de geestdrift, het onbedaarlijke lachen, de 'onbekommerde beloften', en nog geen door weemoed ingegeven zelfgenoegzaamheid. Ogottogod.

Zoals het toen was, Edgar.

Reza is aan het rommelen met wat flessen in de hal. Haar stofzuiger in de keuken heeft ze aan laten staan en zelfs dat geluid wordt overstemd door de zwartgallige nostalgie van The Smiths.

Ik zit in haar kamer, met een blocnote op mijn schoot, wazig te staren naar het met onweerswolken gevulde raam en inspiratie op te doen voor wat ik nu aan het vertellen ben.

Reza komt binnen met een vuilniszak en raapt wat troep van de grond, lege pakken 'soft cakes', een leeg ananasblik, vellen verpropt papier naast de prullenbak.

'Als jij nou ook eens wat deed.'

Ik bied aan om naar Albert Heijn te gaan om statiegeld te innen, maar Reza zegt dat ik beter de Lambrusco-fles, die ik vannacht gevuld heb met mijn pis, kan legen en omspoelen.

Waarom pis ik in een fles?

Omdat mw. Van de Bergshoek nog van een oude generatie is. Omdat meisjes na elf uur geen herenbezoek meer mogen hebben. Omdat ik, bijna verloren tijden, toch bij haar blijf slapen ('Lekker romantisch, toch?'), omdat ik 's nachts niet naar de wc ga, waarmee ik de kans vermijd dat ik het oude incontinente mensje op de gang tegenkom. Omdat ik zelf niet een opvangzakje in m'n broek heb hangen.

Nadat ik de fles gespoeld heb, ga ik naar Albert Heijn en de glasbak. Als ik terugkom zit Reza in een schone kamer een boek te lezen. Ik ga zitten op een stoel en pak mijn bloc om nu eindelijk een stuk te schrijven. Reza zegt dat ze zich voelt alsof ze net onder de douche is geweest, wat ik onmiddellijk opschrijf.

Ze vraagt of ik haar haar wil kammen.

Nat*uur*lijk wil ik dat. Ik pak wat spullen uit de kast en Reza gaat op de grond zitten tussen mijn gespreide benen. Eerst haal ik al de klitten uit haar haar, dan kam en streel ik het tijden achtereen. Reza vindt het heerlijk.

Ik speel met haar haar. Dit model. Dan dat. Dan een pony (lachen). Dan een knot (lachen, maar toch wel mooi). Dan Pipi Langkous (lachen). Dan een staart (mooi). Dan opgestoken.

Ik streel en kus haar nek – en nadat we gevreeën hebben, zit haar haar weer verkeerd en onder de klitten.

Fräser gooit brokken beton doelloos in het water en vraagt hoe het nu met Reza gaat.

Ik weet niet hoe het nu met Reza gaat. Ik heb haar voor haar verjaardag een lange brief geschreven en Constantin kreeg een brief van haar terug. Ze vroeg hem of hij mij wilde bellen dat ze m'n brief heel mooi vond en dat ze erom had moeten huilen. Terugschrijven kon ze niet, want als ze gewoon schreef wat ze voelde werd de brief niet literair en als ze literair schreef stond er niet wat ze voelde. Gezeik ook altijd.

Constantin heeft me de hele brief laten lezen, een goedgeschreven, best wel literaire brief. Reza kan heel goed schrijven, maar uit zichzelf liet ze me nooit iets van haar lezen. Ze was bang dat ik haar af zou kraken en dat ik, als ze slecht zou blijken te schrijven, minder verliefd op haar zou zijn.

'Niet ondenkbaar natuurlijk,' zegt Fräser.

Onzin, puur onzin.

Een klotebrief, haar brief aan Constantin. Dat ze niet meer in een kibboets was, maar werkte in een discotheek in Tel Aviv – 'de grootste drugstent van Israël!' –, dat ze haar haar zwart had geverfd en dat ze samenwoonde met een in Engeland veroordeelde ex-crimineel. En dat het best moeilijk was om braaf te blijven als je met een drugsverslaafde woonde, hoor. Dat ze al gebruikt had: speed, LSD, dope, cocaïne, morfine, codeïne ('een soort morfine'), XTC en heroïne. Maar ook, dat ze er 'best' af kon blijven, als ze dat wilde. Dat het soms gewoon heel prettig was om deze middelen te gebruiken als ze zich depressief voelde. Of geil. Of alleengelaten. Fuck.

Ik gooi een heel erg groot blok beton, heel erg doelloos in het water.

Even later.

Fräser duikt van onze brugpijler en zwemt onder water naar de aanpalende, en zonder zelfs maar een moment naar adem te happen komt hij weer terug en boven. Bravobravo, Fräser.

'Wat ben ik toch soms een heerlijke uitslover, vind je niet?' zegt hij, en hij verwacht wel dat ik dit huzarenstukje later in mijn memoires opteken, want waar heeft hij het ánders voor gedaan?

'Vroeger, toen onze relatie nog niet vergramd was door ruzies en rellen, heeft "dolle Fräser" zich eens van zijn mafste kant laten zien door tussen twee brugpijlers bijna dood te gaan in een ontoerekeningsvatbaar zwemhoogstandje. Toen al bleek dat zijn talenten ergens anders lagen...' probeer ik op voorhand.

'...want schrijven kon hij niet,' vervolgt Fräser met gedragen stem, 'maar *leven* des te beter. Waaruit maar weer blijkt dat het alleen een echte schrijver is gegeven zijn verhalen niet te schrijven, maar te leven!'

Fräser is even stil maar zegt dan dat hij eigenlijk wel het meest houdt van schrijvers die schrijven over het schrijven. Sterker nog: zélf schrijft hij het liefst over schrijvers die schrijven over het schrijven.

Schrijven, Ronald, is toch het mooiste dat er is? Als hij intens moet lachen om zinnen die hij net zelf heeft geschreven. Als hij niet meer verder kan schrijven en even een rondje moet lopen. Als hij iets beschreven heeft op een manier die de lading helemaal dekt. Als hij over iets schrijft waarvan hij zelf niet wist dat hij het wist. Als hij zichzelf godverredomme zit te ontroeren. Als hij verliefd wordt op zijn personages, of als hij ze gaat haten. Als hij niet meer kan wachten tot hij een verhaal af heeft, om het vervolgens jammer te vinden dát hij het af heeft. Als hij tijdens het schrijven van mening verandert over watdanook. Als hij tijdens het schrijven weer oprecht van het leven gaat houden, of een oprechte misantroop wordt. Als hij bij het schrijven een erectie krijgt, ook bij de passages waar het niet over neuken gaat. Als hij zich verkneukelt over het heerlijke leven dat hij leidt: uitslapen, lezen, pielen en kutten, naar de snackbar, klaarkomen, je zou er blasé van worden. Schrijven, Ronald!

Schrijven of doodgaan, een andere keuze is er niet. Wat Fräser wil is: schrijven, wat Fräser wil zijn is: schrijver, schrijver, schrijver!

De onnavolgbare Fräser, mijn vriend.

'SCRIBERE NECESSE EST, VIVERE NON EST!' schalt hij over het water.

NAAR:

De gele kano met de twee leuke meisjes (2x). Waar komt die vandaan? Ik dacht werkelijk dat we die voor eeuwig kwijt waren (de onvermijdelijke grap van mijn leven). Fräser stopt zijn tirade subiet. Ik zoek in m'n broekzak naar het rotbrilletje en weet waar ik het heb laten liggen: op het gruisstrandje van vanochtend.

De meisjes sturen af op de aanpalende brugpijler en proberen er aan te leggen.

Gestuntel! Benen! Slapstick! Broekjes! Onmacht! Rankheid! Borstjes! Wanhoop! Glimlach (Fräser)! Glimlach (ik)!

Fräser en ik staan naast elkaar naar het gestoethaspel te kijken, Fräser heeft z'n armen over elkaar.

Zijn we de meisjes toch nog tegengekomen.

'Ontboezeming,' zegt Fräser, 'ik hou van vrouwen. Van vrouwen hou ik het allermeest. Vergeleken bij de schoonheid van een meisje kan alles me gestolen worden. Kunst, literatuur, muziek, humor: alles.'

Bij de meisjes gaat alles verkeerd.

'De jukbeenderen van een meisje. Haar geur vooral. Haar maniertjes. Haar gratie. Haar lompheid. Haar doortrapte naïviteit. De vorm van haar gezicht. De manier waarop ze achteloos haar haar naar één kant gooit. Kíjk naar ze Ronald, één aanblik van een bevallig meisje en ik begrijp de hoofsheid van vroeger, de totale opoffering van een ridder voor een beminde, de toewijding. Een jonge vrouw is de hoogste vorm van kunst. Klinkt banaal maar is een voldongen feit.'

Fräser en ik zien hoe de meisjes waanzinnig onhandig hun kano op de brugpilaar proberen te tillen.

'Zonder dollen: vallen voor een vrouw en dan in haar opgaan zou de vervulling van mijn leven kunnen zijn.'

'Fräser!' zeg ik min of meer betuttelend.

'En daar bedoel ik deze keer nu eens niet neuken mee.'

Opgaan in een vrouw. Ik geloof dat ik begrijp wat Fräser bedoelt, al weet ik niet of hij meent wat hij zegt, vat vol tegenstrijdigheden dat hij is. Vallen voor een fataal meisje is jezelf in haar verliezen uit pure aanbidding. Dat klinkt pathetischer dan het is. Plat gezegd betekent het: verblind zijn, proberen te leven zoals zij leeft, te denken zoals zij denkt, te zijn zoals zij is, en tegelijkertijd beseffen dat dat gedoemd is te mislukken. Het beminnen van een vrouw is altijd frustrerend. Een 'fille fatale' kent het noodlot dat zij afroept en weet wat voor een onderwerping zij vraagt. Petrarca schreef naast zijn vele hooggestemde gedichten voor Laura niet zonder reden ook vele 'anti-petrarkische'. Hij schreef: 'De vrouw is een ware duivelin.'

Ikzelf ben eerlijk gezegd niet vaak 'onderworpen geweest aan mijn aanbedene', al heb ik het nu en dan wel gespeeld of het mezelf voorgehouden. Alleen voor Reza ben ik echt gevallen. Ik realiseerde me dat indertijd absurd abrupt. Reza en ik stonden op een ochtend lulligerwijs in een rij bij de HEMA om een rookworst te kopen en zonder nadrukkelijke aanleiding – we woonden al een tijdje samen – besefte en besloot ik dat Reza mijn leven bepaalde en dat ik daar, alle rottigheid ten spijt, niet ontevreden over was. Ik kon dat toen natuurlijk voor me houden, maar vond dat ik ervan moest getuigen en zei hardop: 'Rezalieke, luister eens, ik ben blij dat ik jou heb ontmoet, ik ben blij dat wij bij elkaar zijn en hoewel het nogal onzinnig klinkt in een HEMA: ik hou oprecht van jou.'

Reza draaide zich wild naar me toe en keek me verbaasd aan, net als alle omstanders, alle winkeltrollen en de hele bevolking van Utrecht. Ze wachtten op een vervolg.

'Dat was het,' zei ik, 'dat wilde ik je alleen maar even zeggen.'

Reza glunderde en omhelsde me.

Nou ja toch, rare jongen.

En midden voor de stand met de walmende worsten zoenden we elkaar, heel teder.

Zachtjes zoenen in een HEMA, dat is een vlaag van onverwachte schoonheid.

'Àààààh' (: de bevolking).

'Gucken Sie uns nicht so unheimlich *blöde* an!' schalt er over de Dordogne vanaf de tegenover ons liggende pijler.

Wie zei dat?

Die negerin zei dat.

Wat zei ze?

Ze zei: 'Staan jullie ons niet zo ongelooflijk *stom* aan te staren.' In het Duits.

Wij staren hen dom aan?

'Verontschuldiging, genadige juffrouw,' roep ik terug, ook in het Duits.

'Aah, Holländer,' zegt de negerin tegen de blonde.

'Aah, Deutsche,' zegt Fräser tegen mij.

'Ik ben niet Duits,' roept het blonde meisje in het Engels terug. Ze is gaan zitten op de rand van hun pijler.

'Dank God,' roept Fräser die ook gaat zitten, in het Engels, 'wat ben je dan?'

'Ik ben een Française, zij is een Duitse.'

Ook de negerin gaat nu zitten. Omdat het uiterst lullig overkomt als ik blijf ronddrentelen, ga ik ook maar door m'n knieën. Zitten we dan. Gezellig. Mooi beeld wel. De negerin heeft net een wit T-shirt aangetrokken met een kleurenopdruk. Als ze eindelijk een beetje stil zit, zie ik de afbeelding: op haar shirt heeft ze een reproduktie van *De Kus* van Klimt. Ik kan het bijna niet geloven. *De Kus* van Klimt.

Van Klímt!

Dat prachtige groenpaarse doek dat Reza boven haar eettafel had hangen, de ansichtkaartenboekjes met afbeeldingen van zijn schilderijen, waar ze er ongeveer iedere maand bij

De Slegte één van kocht om te pas en te onpas kaarten te sturen. Nog steeds heb ik vele kaarten in het hout voor mijn bureau geklemd. Klimts vrouwen, die altijd maar koele en toch uitermate wellustige (soms 'fallische') vrouwen. Klimts ongegeneerde naakten.

Het indrukwekkendste en het mooiste schilderij van Klimt vind ik *Danaë*. Anders dan welke Danaë uit de wereldschilderkunst die ik heb gezien, geeft Klimt hèt moment suprème uit haar mythe weer, door haar de liefde te laten bedrijven met Zeus, die de gedaante heeft van een mozaïek van gouden druppels, en te laten zien hoe zij haar benen optrekt, haar vingers krult, zachtjes zucht en ervan geniet, puur geniet.

Toen ik een reproduktie van dit doek zag hangen, heb ik haar dan ook onmiddellijk gekocht en ik hing haar op in mijn kamer, boven mijn schoorsteen.

Tegen Reza zei ik zelfs dat ik *verliefd* was op deze Danaë.

Dat had ik niet moeten doen.

's Avonds na een grote scène bleek waarom Reza zo boos was. Reza was jaloers. Jaloers op Danaë.

'Heb jij iets tegen Duitsers of zo?' schreeuwt de negerin tegen Fräser, in het Engels.

'Nee hoor, integendeel. Afgezien van het feit dat jullie in de Tweede Wereldoorlog zes miljoen joden hebben doodgemaakt, zijn jullie best wel aardige mensen,' probeert Fräser een goed gesprek op gang te brengen. Bedankt Fräser.

Gelukkig moet de negerin hard lachen.

'Dat hebben wij alleen maar gedaan,' zegt ze – en ik donder uit pure adoratie bijna met m'n achterhoofd op het beton van onze apenrots – 'omdat wij nu eenmaal ariërs zijn.'

En zo ontpopt zich over en weer toch nog een geanimeerd gesprek. De meisjes gillen dat zij een paar honderd meter terug in een inham uit pure verveling op ons lagen te wachten en dat ze blij zijn dat ze ons toch nog hebben gevonden, wat Fräser doet fluisteren dat hij aan het bestaan van de Schepper helemaal nooit meer zal twijfelen.

En ze roepen ons hun namen. Het blonde meisje heet Nadine en het donkere meisje (niet Helena) Silke. Silke, dat is nog eens een degelijke Duitse naam.

Zelf heten wij Edgar ('Hallo') en Ronald ('Hallo').

Wij gooien mandarijnen naar de overkant – en ook sigaren, maar die komen niet aan.

En als dit een film zou zijn, zou de camera nu beginnen uit te zoomen, vanaf het midden van de rivier schuin naar boven, en het prachtige beeld van jonge mensen die druk pratend tegenover elkaar op twee brugpijlers zitten, zou langzaam aan vervagen. Mooie muziek zou klinken.

'Goed ontwikkelde lichamen, redelijk ontwikkelde geesten en slecht ontwikkelde harten.'

Citaat van een of andere Engelse schrijver waar ik aan moet denken als Nadine en Silke weer in hun kano proberen te vallen. We hebben een uur tegenover elkaar op de brugpijlers gezeten en een aangenaam gesprek geschreeuwd. Vóór zes uur moeten zij op een of andere camping zijn, omdat Safaraid hun tentspullen daarheen brengt. Als we willen kunnen we nog bij hen langswippen, hebben ze geroepen (in het Engels).

Het lukt ze in de kano te komen zonder dat Fräser en ik als redders in het water hoeven te springen.

MORE FUN, staat er in witte letters op de achterkant van het grijze T-shirt van Nadine. Ze draaien zich om, zwaaien vrolijk en peddelen langzaam weg. Twee meisjes en een boot.

'Ovwa, boys!'

'Ovwa, Mädel!'

Ze slaan niet om.

Sterker nog, Fräser: Reza was onvoorstelbaar onuitputtelijk jaloers.

Jong, oud, lelijk, mooi, dood, levend, fictief, beschreven, gefilmd, geschilderd, bezongen, *ie*dere vrouw was een bedreiging voor haar.

Ik trok me af op andere vrouwen. Ik dacht aan de wanstaltige caissières van de Albert Heijn als ik met Reza in bed lag. Ik had nog vijf andere vriendinnetjes. Ik had stiekem een pornoverzameling. Ik flirtte constant, echt waar, ik flirtte met iedereen. Ze zag het toch zelf? Ik zat die meid op te geilen (omdat ze haar tieten zeker zo strak in haar bloesje heeft staan, hè?), ik was verliefd op die, en op die, en op die. Ik neukte de buurvrouw. Ik ging alleen maar naar het college van die vrouwelijke docente vanwege die vrouwelijke docente. Ik adoreerde Monique van de Ven (wat waar was trouwens) en ik zou Reza laten zitten als ik die *filmslet* in het echt zou ontmoeten. En ik ging naar de hoeren, natuurlijk.

'Natuurlijk.'

In het begin van onze relatie was ik nog wel gevleid door Reza's jaloezie; ze kon er zelf tenminste redelijk om lachen. Later begon ik me enorm te ergeren. Reza werd steeds pathetischer. Drie 'echt grote jaloerse scènes' hebben Reza en ik meegemaakt.

De eerste was in Parijs. We hadden de hele dag leuk getoerist, (Kunstenaarjean-marc en Hester waren met hun rugzakken richting Oceaan vertrokken) en Reza en ik besteedden al onze tijd aan elkaar. Uit eten. Kermis. 's Avonds crêpes. 's Nachts met de metro tot aan de rand van het Bois de Boulogne en vandaaruit liftend naar de camping. Op de camping was Reza plotseling ont*zet*tend boos. Witheet van drift stond ze stenen te gooien in het water van de Seine.

'Wat is er nou?'

'Raak me niet aan en rot op!'

'Watissernou, Reza?'

'Vuile, vuile lul.'

'Wat heb ik nu weer gedaan?'

Wat had ik nu weer gedaan? Na een uur (tot nekkramp toe vermoeiend) gevis en getrek bleek: in de metro had ik met een negerin geflirt. (Ik had in die hele klotemetro geen klotenegerin gezien.)

De tweede scène was een paar maanden later. Het was een regenachtige ochtend in oktober en Reza ging alvast douchen, terwijl ik nog even in bed bleef liggen. Toen ze bibberend de kamer weer instapte, met een badlaken om haar lijf en een handdoek om haar hoofd geknoopt, ging ze even zitten op de rand van het bed. Ik doezelde nog wat. Reza ging met haar hand onder het dekbed, ze kriebelde mijn onderbuik en daarna daalde haar hand mijn lichaam af. Plotseling kreeg ze argwaan en werd ze boos.

'Waar zit ze?' vroeg ze met felle ogen.

'Wat bedoel je?'

'Waar zit de hoer?' (verbeten, verwrongen).

Ze zakte door haar knieën, keek onder het bed, vloog weer overeind en rende het huis in. Ik hoorde haar bij een huisgenote kloppen en ze gooide de deur open. Vervolgens stampte ze de trap af en opende de voordeur, keek blijkbaar even naar buiten of zo en kwam een moment later weer onze kamer binnengestormd. De handdoek die ze om haar hoofd had geknoopt, lag om haar schouders.

'Wat is er nou godverdomme aan de hand, Reza?'

'Waar heb je haar verstopt?'

'Waar slaat dit nou op?'

'Waar heb je haar verstopt?'

'Waar heb ik *wie* verstopt?'

'Dat wijf met wie je lag te neuken terwijl ik onder de douche stond' (schreeuwend).

'Aah, Reza, waar sláát dat nou op?'

'Jongen, ik had het best wel door, hoor, ik heb het best wel door...'

'Wat nou, mens?'

'Je had een stijve, toen ik de kamer binnenkwam had jij een stijve, een enorme stijve.'

Wie is de man die nooit een ochtenderectie heeft?

'Ik had een ochtendspits, Tonia, een odol, een ontzettend dikke ochtendlul. Fysiek, puur fysiek.'

Vertwijfeld staarde ze me aan: 'Echt waar?'

'Echt waar.'

'O, o,' probeerde ze er een grapje van te maken, maar daarna pakte ze de beide uiteinden van de handdoek om haar nek en hield die voor haar gezicht.

'Godverdomme, Reza...'

Ze huilde.

De derde 'echt grote jaloerse scène' kwam vlak na dit erectie-incident. Er woonde toen nog de manisch-depressieve Rieneke bij ons in huis, die door ons huisgenoten Lady Paardelach genoemd werd. Ze was een voormalig directiesecretaresse, die door 'stemmen' en 'energiepunten' boodschappen kreeg over haar rol in het wereldsysteem. Lady Paardelach kon om vier uur 's nachts opstaan om de gangen van het huis eens goed in het sop te zetten en ook schreeuwde zij geregeld de buurt bij elkaar als zij, in pyjama, vanaf haar balkon het verkeer ging regelen. 'Klootzakken! Moordenaars!' riep ze dan. Het was een gezellige tijd.

Met Constantin, die toen ook nog bij ons een kamer had, speelde ik een partij pot in het biljartcafé De Stichtse. Het was een uur of één 's middags, toen Reza onverwachts de kroeg in kwam.

'Hoe ben jij hier zo snel gekomen?' vroeg ze mij.

'Snel? Ik ben hier al minstens twee uur.'

'Niet waar, ik hoorde je net nog op je kamer; je was daar met iemand.' (*Iemand*. Dat was het eufemisme voor: een meisje, een vrouw.)

'Wat een onzin. Ik sta hier de hele ochtend al met Constantin te spelen. Samen zijn we hier naartoe gefietst.'

'Ik hoorde jou op je kamer; je was daar met een meisje, ik weet het zeker. Toen ik op de wc zat, hoorde ik je lachen. Toen ik naar je kamer liep, deed je net of je niet thuis was. Ik voelde aan je deur maar die had je snel aan de binnenkant op slot gedaan, want ik heb in de broodtrommel naar je sleutel gezocht en die lag er niet. Ik heb geluisterd aan je deur en ik hoorde jullie giechelen.'

'Dat kan best zijn, Reza, maar ik ben dat niet geweest.'

'O nee, wie dan wel?'

'Weet ik het.'

'Lady Paardelach,' zei Constantin droog.

Kut ja, Lady Paardelach, die woonde ook nog bij ons in huis. En die was zeker tot zoiets in staat. Misschien ging ze er wel 'een einde aan maken', zoals ze ons al enkele malen had beloofd. Maar waarom zou ze dat op mijn kamer doen?

'Omdat haar eigen kamer niet op slot kan,' zei Reza.

Verdomd. Het wás Lady Paardelach die op mijn kamer zat.

'Maar wie was die jongen dan, die je hoorde?' vroeg Constantin.

'Ja,' zei Reza en ze knikte, 'ik weet niet zeker óf ik een jongen heb gehoord...'

'Net wist je nog zeker dat ik dat was!'

'Ja, ik dacht dat ik jou hoorde, maar...'

'Misschien was het wel dat maffe vriendje van Lady Paardelach,' zei Constantin.

'Goddomme! Dat ze zelfmoord pleegt op mijn kamer is tot daar an toe, maar ze gaat er niet liggen wippen!' riep ik. We rekenden af en gingen snel naar ons huis.

De deur van mijn kamer: inderdaad op slot.

'Rieneke, doe open!' schreeuwde ik, schreeuwde Reza, schreeuwde Constantin. We bonkten op de deur, we schopten, we riepen 'therapeutische' beledigingen. ('Rieneke, als je dan zo nodig bloed wil spatten, doe het dan niet op m'n boeken.') Andere huisgenoten kwamen bezorgd van hun kamers en vroegen wat er aan de hand was.

'Lady Paardelach zit waarschijnlijk op deze kamer. Ze heeft zich ingesloten en ze zegt geen woord meer.'

'Misschien heeft ze haar polsen doorgesneden.'

'Dat dachten wij ook.'

Iedereen schreeuwde en trommelde om de beurt op mijn deur. Constantin en Arno beraamden plannen om via een ladder naar het raam te klimmen.

'Kan die deur niet van buiten af op slot zijn gedaan?' vroeg Charlotte.

'Nee dat kan niet, de sleutel bewaar ik altijd in de broodtrommel en ik heb hem daar vanochtend echt ingedaan, dat heb jij gezien Constantin, en Reza heeft er net nog in gekeken maar nu is die sleutel weg. Reza is daarna naar de stad gefietst om ons te halen.'

'Gestoord, die Lady Paardelach, puur gestoord.'

'Kijk nog eens in die broodtrommel, Reza,' zei ik, na een beleg van tien minuten, 'voor de zekerheid.'

Reza keek nog een keer in de broodtrommel.

Hee, wat raar.
Een sleutel.

(Reza was er zo zeker van dat ze mij op mijn kamer met een meisje hoorde en dat ik de deur van binnen uit op slot hield, dat ze zo snel in de broodtrommel had gekeken naar de sleutel, dat ze die gewoon over het hoofd had gezien. Kan toch gebeuren, vergissen is toevallig wel menselijk hoor. Hoor. HOOR! LUL!)

Nadine en Silke verdwijnen eindelijk op het punt waar de brede rivier weer heel smal wordt.

Het zijn leuke meisjes. Leukleuk. Zo leuk dat ik er licht sjaggerijnig van word.

Van al dat geschreeuw tussen die pijlers hebben we trouwens een droge keel gekregen, dus dist Fräser uit de ton de Amaretto op en draait de belachelijk grote dop van de fles. Hij wil een slok nemen, maar aarzelt en leest het etiket.

'Attenoie, Ronald, hier krijg ik zowaar het plot voor mijn nieuwe liefdesroman gratis in handen geworpen. Luister: *This legendary Italian liqueur was created about 1525 by a poor, beautiful young widow, as a gift of love to the artist for whom she had posed,* Bernardo Luini, *a member of the* Leonardo da Vinci *school. Though the widow's name has been lost, she was immortalized as* the Madonna *in Luini's famous fresco still to be seen in the Sanctuary in Saronno.* Puur! Door liefde en verliefdheid geïnspireerde heldendaden, daar hou ik nou van!'

Waarvan hij getuigt door de fles aan zijn mond te zetten.

'Zo'n zielige, arme maar hemeltergend mooie weduwe, die uit pure liefde een likeur creëert en vervolgens, als tegendaad, wordt vereeuwigd. Prachtig.'

'Kitsch,' zeg ik, naar de fles reikend.

'Zeker, maar daarom niet minder mooi. Doet de essentie van dit verhaal (of van één uit de Bouquetreeks) onder voor de essentie van Romeo en Julia? Of van Dido en Aeneas, Tristan en Isolde, Gerard en Teigetje?'

'Natuurlijk.'

'Natuurlijk niet. De essentie van welk liefdesverhaal dan ook is altijd kitsch.'

Ik grijp weer naar de fles.

'En ik vind kitsch persoonlijk helemaal niet verkeerd. Ik kijk met evenveel plezier naar een psychopaatje van Munch als naar een zigeunerin bij een proleet. Ik vind: je moet de kracht hebben uit alles lust- en zinnenbevrediging te putten. Ik noem dat, niet jatten deze term hoor, het banaal-intellectueel epicurisme. Ik lees Stendhal en luister in the same time naar Wetwetwet. Ik kijk naar *Medisch Centrum West* terwijl ik gesauteerde cantharellen soupeer.

Ergo, ik zoek naar een symbiose, moeilijk woord Ronald, tussen platte en verheven zaken. Tussen doucheschuim per drie liter en *Novecento*. Tussen Geerten Gossaert en Ruby uit de *Cosby Show*. Tussen Plato en patatje oorlog.'

'Fräser, ik wil niet lullig doen, maar zou ik nu eindelijk ook eens een slokje van dat bocht mogen hebben?'

'Nee, toevallig niet. Jij doet lullig tegen mijn weduwe. Ik wou dat ik de gave had om, in het diepste geheim, voor mijn teerbeminde een likeur te destilleren, waarmee ik haar zou verrassen en haar mijn allertoegenegenste, eeuwigdurende liefde zou verklaren...'

'...om haar vervolgens, ik ken jou, toeterzat te voeren en in één grote *symbiose* helemaal plat te neuken.'

Fräser kijkt me lang aan, met de fles vlak voor zijn mond, en zucht. 'Jouw probleem is: jij wordt altijd meteen zo ordinair.'

En Fräsers probleem is dat hij zich de laatste tijd soms echt een vroeg oud geworden, melancholische zeikerd vindt. (Roept hij, we zitten inmiddels weer in de kano maar we hebben Nadine en Silke nog niet ingehaald.)

Voorbeeld. Zo heeft hij een nichtje met wie hij nog geen twee jaar geleden in de straat voor het huis van zijn oom gestoeprand heeft. Onlangs hoorde hij dat zelfde nichtje op een familiepartijtje doodgemoedereerd tegen zijn zusje fluisteren dat zij op feestjes en discootjes altijd een XTC-pilletje inneemt, omdat ze daar veel lekkerder op klaarkomt. Attenoie. Zijn eigen kleine nichtje. 'Veel lekkerder' klaarkomen. Als hij zoiets hoort moet hij bijna janken, begrijp ik dat?

Ik zeg hem dat hij gewoon jaloers is dat zijn nichtje haar onschuld niet met hém verloren heeft, een kleine variatie op de freudiaanse stelling dat in wezen iedere vader zijn eigen dochter wil ontmaagden, omdat hij dan tenminste zeker weet dat het goed gebeurt.

Fräser zucht. Aah, jongen. Als je eenmaal 'veel lekkerder' klaarkomt met een XTC-pilletje in je leden is je onbevangenheid definitief verdwenen en dan zullen de geneugten van het onbezorgd stoepranden altijd onderdoen voor de geneugten van een door pep gestimuleerd orgasme. Orgasme, orgasme, dat is toch helemaal geen woord voor een meisje van zestien?

(We varen door een invasie kanoënde Nederlandse families, waarvan zich een deel verstoord en een ander deel uitermate geïnteresseerd naar Fräser omdraait.)

En toch vindt hij zichzelf een pathetische zeikerd. Toegegeven: volgens hem bestaat er heus wel zoiets als onschuldig neuken. Hij claimt deze term. Onschuldig neuken. Vroeger neukte Fräser veel onschuldiger dan nu.

('Eddy, niet zo hard.')

Seks was simpelweg een voortzetting van de speeltuin, een soort stoepranden, maar dan zónder straat ertussen. Spelen, onbekommerd allerlei onmogelijke standjes uitproberen, pijn in je tamp van iedere nieuwe godvergeten erectie, een schorre keel van alle schaamharen achter je huig. Als een vrolijke aap de wereld exploreren, héé een pik, héé een kut, en daarna lekker seksen, gewoon onbezonnen, ongegeneerd lekker seksen. Lekker pijpen. Lekker beffen. Lekker naaien. *Vrolijk* neuken. Niet bang zijn om af en toe eens een vingertopje in een anus te draaien, gewoon lekker onbezorgd op en neer!

('Hallo, dag, leuke vakantie?')

Onschuldig dus, jongen. Additioneel. Vrolijk. De spelletjes die Reza en ik deden, en ook: ons taalgeilen. In het donker, met alleen wat kaarsjes op tafel, elkaar vrolijk opvrijen met wedstrijdjes 'lullige woorden', 'kuttige woorden', 'neukerige woorden'. Mijn purpergekopte liefdespaling. Mijn geërecteerde vulkroket. Mijn trommelgeile beukzuil. Mijn kurketrekker voor haar flessehalsje. Haar baggersluisje. Haar amechtige zuigbeestje. Haar glijgoterig liefdesoestertje. Haar menstruatiefabriekje.

Taalgeilen. De keer dat we weer eens luxe uit eten waren geweest en de hele avond net iets te luid spannende dingen hadden gefluisterd. Dat we onmiddellijk zouden gaan breien als we thuis zouden komen. We bestelden geen koffie en renden snel naar mijn kamer, waar we ons haastig half uitkleedden, de knuffel-, streel- en likgedeelten oversloegen en ik Reza inderdaad meteen langzaam en zachtjes begon te breien: staande tegen de deur.

Reza keek me van dichtbij aan en zei dat ze zo'n zin had om het ordinair te doen. Ze kuste me op m'n oor en lispelde: 'Oeh, Ronald, talk dirty latin to me, please.'

We bleven op stang en hinkelden naar de bank (zo'n beetje zoals een volwassene een kind op zijn voeten mee laat lopen), waar we ons voorzichtig lieten vallen; Reza erop, ik er voor op m'n knieën. Langzaam ging ik in en half uit haar.

'Copulare,' fluisterde ik en Reza keek me strak aan, met een gespannen, bijna zedige glimlach.

'Cunnilingus.' Ze sloot haar ogen.

'Vagina. Fellatio.'

Het geile aan standje bank is het mooie uitzicht op de genitalia.

'Penis. Vulvaaah.'

Reza begon te grinniken.

'Scrotum. Anticonceptio.'

Ze wendde haar hoofd af.

'Priapismus. Erotomania. Masturbááátsio.'

Ze schokte hinnikend haar lichaam en ik pijnigde m'n hersens.

'Necrophilia.'

Ze kon het niet meer houden van het lachen, waardoor ik uit haar terug moest trekken.

'Coïtus interruptus.'

Voor ons gevoel moeten we de gele kano van Nadine en Silke snel inhalen; er is dus maar even tijd om bij een snackbar aan het water iets te eten. In Frankrijk hebben ze eethuisjes langs de rivier, alleen maar voor kanoërs en watersporters; daar lees je nou nooit eens iets over in Nederlandse gedichten. Fräser bestelt twee hamburgers en twee crêpes met suiker, een typische Fräser-combinatie. Ik probeer voor de tweede keer vandaag bij een toch behoorlijk uitziende telefoon naar Nederland te bellen om Dani, mijn vriend, mijn maecenas, al dan niet te feliciteren met de geboorte van zijn kindje. Ik volg de aanwijzingen op de Eurosticker naast het toestel nauwgezet, maar het lukt me, net als eerder vandaag, niet om contact te krijgen. Niet met Dani. Niet met m'n moeder. Niet met Samarinde. Verstoten van de beschaafde wereld zijn we.

'In een verre uithoek van het nogal zanderige terras leggen de zon en twee in elkaar gestrengelde bomen een floers van schaduw en licht over het tafeltje waar twee jonge Matadoren Van Het Rijke Leven zich te goed gaan doen aan een weldadig en voedzaam middagmaal,' zegt Fräser, en hij voegt eraan toe dat hij als onderwerp voor de tafelconversatie ditmaal het orgasme in gedachten had, in casu: het vrouwelijk orgasme.

Fräser vindt het behoorlijk gemeen dat mannen maar één soort hoogtepunt kennen en vrouwen volgens de laatste *Cosmopolitan* een stuk of vijf, zes. Dáár zou eens iemand een behoorlijke roman over moeten schrijven. En waarom komen sommige vrouwen klaar als een drachtige zeekoe, terwijl andere alleen maar een sputterend 'ie-ie-ie' in je oor tetteren? Wat mij!

Ik knik, denk er het mijne van en 'crepeer' net als banaalepicurist Edgar Fräser mijn hamburger door er een stukje van in een reepje crêpe te rollen en het daarna op te eten.

Apérte viezerik.

(Fräser gelooft het eerst niet, net zo min als ik.)

'Betekent dat...?' fluisterde ik, waarop Reza me geduldig een half uurtje bijles seksuologie gaf. Onze stapelbedden stonden tegen elkaar aangeschoven, maar we lagen gewoon op één matras, al hoefde niemand dat te weten (al wist bijna iedereen dat). Voor het eerst sliepen we in één bed; de eerste tentamenweek was net achter de rug en nu hadden we de 'breekdagen'. In het bed boven ons lag Jerry en daarnaast, boven het lege matras, Constantin, die er in de weken na dit letterenstudenten-kamp achter zou komen dat hij zijn streng katholieke ouders 'heel erg' teleur zou gaan stellen.

Er waren vier categorieën, fluisterde Reza, en zij behoorde tot de laatste: ze was het op hartstochtelijke wijze. Wat zeggen wilde, WAT ZEGGEN WILDE, dat ze er vaak, of liever, altijd en met grote overgave ontvankelijk voor was, maar dat haar genot nu eenmaal niet cumuleerde in een hoogtepunt.

Niet culmineerde.

'Maar ligt het dan niet aan hoe de ander?'

Nee, het lag niet of niet in de eerste plaats aan hoe de ander.

'Maar vind je het niet vervelend dat je?'

Nee, ze vond het niet echt vervelend dat ze, want ze hield desondanks heel veel van.

Ik moest hier lang over nadenken.

'Volgens mij lukt het míj wel om jou,' zei ik – en later heb ik hier nog vaak met een onaangename krimplach aan moeten denken. Reza reageerde niet.

'Ben je trouwens Oskarke al vergeten?'

Reza keek me lang aan, grijnzend, met haar hand in mijn onderbroek: 'Hoe-zo?'

In het donker haar ogen.

'Ja, hoezo.'

Ik trok haar tegen me aan, we gingen door met hartstochtelijk vrijen, en gelukkig had Reza het fatsoen me in het bijzijn van dertig dronken en snurkende neerlandici-in-spe niet te ontmaagden.

Fräser en ik zitten weer op het water. We hebben mijn ontboezeming van zoëven aangegrepen om met nogal botte openhartigheid serieus over seks te praten.

Fräser: 'Meisjes denken altijd dat jongens beffen vies vinden. Onzin toch? Ik vind beffen heerlijk, echt heerlijk. Het meisje moet natuurlijk niet met een drie dagen niet gewassen kutje rondlopen, hoewel, zelfs dan kan het nog heel smaakvol zijn.'

Fräser: 'Wat ze allemaal lekker vinden is als je hun benen een beetje wijd doet en het stekelige stukje huid tussen hun kutje en het been tergend langzaam heel erg zachtjes streelt.'

Fräser: 'Tussen twee borsten, daar klopt altijd een adertje, wist je dat? Daarom tippen vrouwen daar ook altijd een druppeltje parfum, en daarom is het ook zo prettig ze daar te likken. Je lul ertussen is trouwens ook heel prettig, vooral als ze met hun handen hun borsten er omheen drukken.'

Fräser: 'Grote schaamlippen. Gróte schaamlippen. Nou groot hoor, dames. We zijn onder de indruk. Groot. De keren dat ik naar de wc ga, leg ik toch gemiddeld echt iets groters neer dan die functieloze schaamlapjes called shamelips.'

Fräser: 'Liefde is: als zij dood gaat necrofiel worden.'

Fräser: 'Heb je het trouwens wel eens gehad dat je ont-zettend graag wilt, en dat je haar ein-de-lijk op je kamer hebt en na veel gepraat en gevoorspel komt dan het grote moment N.: je gaat bij haar naar binnen en plop, na vier seconden kom je klaar?

En dan maar doen alsof er niets aan de hand is en hopen dat hij hard blijft. Dat heb je soms. Sommige erecties blijven hard nadat je hebt geschoten. De meeste echter krimpen ineen.

Lig je dan. Rústig. Niets laten merken. Dóórneuken. Fuck. Hij wordt slap. Concentratie! Kijk naar haar gezicht. Haar borsten. Ehmm, haar borsten. Luister naar haar gekreun. Ja!Ja!Ja! Lukt niet, hij wordt slapper. Zen-meditatie. Stijf. Stijf. Blijf stijf! Telekinese. Stromen, bloed! O, Heer!

"Wat is er, Eddy?"

"Niets, echt niet."

"Je doet zo... rustig..."

"Ik wil alleen maar dat jíj het naar je zin hebt, truffel."

"Wat is er nou? Ik merk dat er iets is."

En dan het aandoenlijke moment waarop je slappe lul naar buiten floept.

"Je bent helemaal slap, je bent godverdomme helemaal slap!"

"Ja sorry, ik kwam net al klaar, eh, ejaculatio praecox."

"Dan zeg je dat toch? Dat *zeg* je dan toch gewoon?"

Gevolgd door de verschrikkelijk doortrapte dooddoener: "Hè, jammer, en ik begon het net zo lekker te vinden..."'

DAN:

Eindelijk. MORE FUN. Nadine en Silke. Vlak voor hun camping. Fräser roept, maar ze horen hem niet.

Voor de camping liggen drie eilandjes waar het water krachtig langsstroomt.

We peddelen snel dichterbij.

De meisjes sturen aan om de eilandjes rechts te passeren in nogal ruw water, dat bezaaid is met witte kolkplekken. Er hangen takken van de bomen over de rivier.

Fräser roept nog een keer: 'Hello, Mädel!'

Nadine draait zich om en zwaait. Ook Silke draait zich om.

Dan raakt de punt van hun kano een tak en krijgt hij een duw waardoor de meisjes haaks op de stroming komen te liggen en naar een versnellinkje worden gedrukt.

'Dat gaat mis,' zegt Fräser.

Even ligt hun boot vast op een onderwaterplateau, maar daarna kapseist hij, en twee meisjes gillen. De boot springt op en drijft ondersteboven verder. Een paar meter verder komen Nadine en Silke boven water en worden net als hun tonnen door de stroom gegrepen. Ze hebben geen zwemvesten aan.

Fräser en ik beginnen als gekken te peddelen.

Silke klampt zich vast aan een van de tonnen en komt in heel snel water, Nadine probeert vergeefs een lange overhangende tak te pakken. Ze drijven de camping voorbij. Silke gaat voortdurend kopje onder en almaar slaakt ze korte gilletjes; ze komt niet uit de snelle stroom. Nadine lukt het in een keerwater te zwemmen.

Als we na een paar snelle slagen bij Nadine zijn, grijpt zij onze kano die daardoor bijna stilvalt. Fräser duwt mij in mijn rug, zegt dat ík Silke achterna moet gaan en stapt met peddel en al uit de boot. De Redder van Nadine. Ik sla bijna om. Fräser manoeuvreert mij vanuit het water in de snelle stroom terwijl ik de achtervolging op Silke inzet.

Het lukt me vrij vlug bij haar te komen. Ze heeft haar ton inmiddels verloren.

'Keep the boat!' schreeuw ik, waarmee ik waarschijnlijk bedoel: grijp de boot vast! Silke probeert het, maar ze grijpt mis. Ik draai de kano vlug op de stroom, waardoor ik vaart minder en Silke insluit. Ze zwemt verwoed naar het midden van de boot; godzijdank dat op dit punt de rivier iets breder wordt en de stroming zwakker.

Dan bereikt ze me, ze veert op uit het water en legt haar armen over de boot heen. Nat brons. Nat goud.

'Guten Tag,' zeg ik.

Ze glimlacht en samen zuchten we van inspanning.

Zo van dichtbij is ze nog veel mooier. Haar haar is kletsnat en ligt achterover gegolfd over haar schouders. Ze zucht nog eens, de druppeltjes van haar neus.

'Guten Tag.'

We drijven nu rustig over de rivier. The mission is completed. Het gevaar geweken.

Een heel stuk terug proberen in een keerwaterinham aan de overkant alle kinderen van de camping met lange takken een van de tonnen naar zich toe te halen. Fräser en Nadine hebben in het water de omgeslagen kano opgevangen die ze lacherig begeleiden naar de aanlegsteiger waar hulpvaardig Safaraid-personeel de loodzware bak uit de rivier tilt.

Onze kano komt inmiddels steeds dichter bij de kant, zo dicht zelfs dat Silke op de bodem kan staan en zich klem zet. Ze loopt langzaam een strandje op, terwijl ze de kano stevig vasthoudt. Ik stap ook in het water.

'Je hebt me gered,' zegt Silke, in het Duits, als we samen de boot veilig trekken. Ze legt een hand op mijn rug: 'Je hebt me verdomd nogmaal gered.'

Ik haal m'n schouders op en draai me naar haar toe.

'Wat kan ik doen om je te bedanken?'
Ik schud m'n hoofd.
'Ik wíl je bedanken.'
We kijken elkaar aan.

Korte, niet onaangename stilte.
Ik zeg dat ik haar T-shirt erg mooi vind.
Ze kijkt er even naar en knikt.
Ik vraag of ze weet hoe het schilderij heet.

Dan glimlacht ze.
En strekt zich naar me toe.

'De loodzware kus van liefde.' Dit is een regel uit een gedicht van Paul van Ostaijen, die ik wilde gebruiken voor een tekst die ik over jou aan het schrijven was.

Ik ben mottonoïde, dat heb ik altijd voor je verborgen weten te houden. Ik kan geen tekst lezen zonder op zoek te zijn naar mooie motto's en pakkende regels voor verhalen die ik aan het schrijven ben.

('Toen dacht hij: ik schrijf over liefde, omdat ik er zo weinig van afweet.' Malamud, *De huurders*.

'Zij zingen, nijgen naar elkaar en kussen, geenszins om liefde, maar om de sublieme momenten en het sentiment daartussen.' Nijhoff, *Het tuinfeest*.

'God, how sex implores you, to let yourself lose yourself.' The Smiths, *Stretch out and wait*. Etc.)

Toen jij naar Israël vertrok ('om alle nationaliteiten van de wereld te ontmoeten') bleef ik achter: eenkennig, blasé en walgend. En geobsedeerd door de gedachte dat ik moest laten zien dat dat duffe schrijverschap van mij geen farce was, wilde ik over jou schrijven, over onze relatie en zo, over seks, over schrijverschap, over debuteren, volwassen worden en al dat gezeik – maar ik ben ermee gestopt. Ten eerste omdat ik er uiteindelijk geen 'mooie taal' van kon maken en ten tweede omdat ik als ik over onze liefde schrijf zo godvergeten *loodzwaar* word en mijn tijd verspil met uitermate doordacht gestructureerde, geformuleerde, gestileerde, eerlijke, emotionele, met ganzeveer geschreven, gedeeltelijk door zweet, zaad en tranen gewiste, maar vooral humorloze stukken.

Misschien moet jíj over ons ooit maar eens een roman schrijven, jij hebt tenslotte een dagboek bijgehouden. Dáár wilde ik ook over schrijven, heel eerlijk en zo, dat ik jouw dagboek heus wel eens gelezen heb, uit een soort masochistische behoefte erachter te komen hoe dat nou zat tussen jou en die Tino en tussen jou en dat kleine dikkerdje, Hoeheettie. Weet je Reza, dat dagboek van jou: dat was 'best wel' goed geschreven.

Dat ik ook wel eens de telefoon heb afgeluisterd; die goedkope van de XENOS – als je je oor op de hoorn legde kon je, als er met het andere toestel gebeld werd, het gesprek volgen. Als Tino belde, of Rocco (Zoheettie), kon ik het niet laten mijn oor op de hoorn te leggen. Mea culpa, hoor.

Maar laat ik een zo zonnige dag als jouw verjaardag niet verpesten door het halen van oude koeien uit een dode zee vervelende herinneringen.

Jouw verjaardag. Twee, wat?, drie jaar geleden, de Nacht van de Poëzie. Weet je nog? Dat Jean-marc lag te slapen op de grond voor onze voeten. Dat de dichters meestal ellenlangdradig waren. Dat Hugo Claus fantastisch was. Dat Annie M.G. Schmidt geen steek voor ogen zag en dat een andere blinde dichter zich liet souffleren door een cassetterecorder die harder stond dan het volume van zijn stem. Dat Johnny van Doorn de geur van kut vergeleek met de geur van haring. Dat ik die nacht voor het eerst stiekem bij jou bleef slapen en dat hij dáárom de Nacht van de Poëzie heette (ik mocht niet hoesten, ik mocht niet lopen als jij liep, ik moest pissen in een lege fles, ik mocht absoluut niet in de gang, ik moest sissend klaarkomen omdat ik geen geluiden mocht maken, 'Ssst! Ssst!').

Niets blijft hetzelfde, Reza. Eergisteren was er weer de Nacht van de Poëzie en ik had een backstage-pas, als hulpje van Dani die voor de radio interviews moest doen. Ik ben bijna niet in de grote zaal geweest en de meeste tijd heb ik in de artiestenfoyer gehangen. Om twaalf uur precies heb ik niet een jongen gezien die zijn mooie beminde zachtjes en teder zoende omdat zij jarig was, sterker nog, zelfs Hugo Claus heb ik niet horen spreken.

Uit: *mijn verjaardagsbrief voor Reza*

Honderdachtendertig spieren, één kus. Silke streelt mijn gezicht en mijn nek met haar nagels. Haar lippen en haar mond: satijn en ambrozijn. En ook de eerste keer haar geur; ze is niet alleen de allermooiste negerin van de hele wereld, maar ook de allerlekkerst ruikende.

Waarom staan we hier in godsnaam te zoenen? Van schrik? Omdat ik haar min of meer gered heb? Uit liefde?

Er waaien ons nogal opgewonden klanken toe vanaf de overkant, waar Nadine en Fräser staan te schreeuwen. Silke buigt zich rustig van me af, wacht even, kijkt me aan, en kust me nog eens, terloops. Dan draait ze zich om en schreeuwt iets terug.

Ik ben een beetje verward door onze totaal onverwachte zoenerij (alweer de grap van mijn leven), maar ik laat niets merken en doe even luchtig en vrolijk als Silke. Fräser heeft in Café Flater eens beweerd dat hij een jonge dichter kende die het had gewaagd in een van zijn gedichten een tongzoen te gebruiken als metafoor voor de geslachtsdaad. Deze zeikerd had hij 'terecht in elkaar geslagen', een tongzoen is een tongzoen en geen metafoor.

We slepen de kano het water in om naar de overkant te varen en na mijn lichte aandringen accepteert Silke schoorvoetend mijn zwemvest.

Gewoon even teder gezoend.

Silke stapt in de kano en slaakt een gilletje omdat er in haar zitting een bodempje water staat.

'Verdomd nogmaal, nu ben ik helemaal nat,' zegt ze en ze grijnst.

Aan de overkant wachten Nadine en Fräser ons op. Ze reppen met geen woord over onze omhelzing, maar trekken ons vanaf de kant aan ons steventouw stroomopwaarts naar de aanlegsteiger, waar ze ons vastleggen naast de zojuist geleegde kano van de meisjes. Silke en ik klauteren aan de kant. Gevieren beklimmen we de trap van basaltblokken naar het camping-plateau. Daar laten we ons vallen op een vergeeld, stoffig grasveldje in de schaduw. Fräser haalt de Amaretto te voorschijn, terwijl Nadine en Silke onbekommerd al hun natte kleren uittrekken om met een handdoek de druppels van hun poedelnaakte lichamen te deppen. Daar doen ze niet moeilijk over, al draaien ze zich decent om.

Fräser en ik kijken elkaar aan.

'Fräser! Neuken!' scandeer ik, maar Fräser reageert niet en blijft uitdrukkingsloos naar de meisjes kijken.

Hij schudt zijn hoofd.

'Ik ben door een intellectuele feministe opgevoed,' zegt hij, 'dus je begrijpt welk een innerlijk gevecht ik voer om het volgende te beweren. Ik beweer: een naakt meisje, ... een puur, niet door geilzucht in een bespottelijke erotische pose gedrukt, maar natuurlijk naakt meisje, is misschien wel het mooiste wat er is.'

Silke, die geen Nederlands verstaat, buigt zich heel natuurlijk voorover om haar benen te drogen en Nadine, die ook geen Nederlands verstaat, schuurt heel natuurlijk haar handdoek over haar gebronsde naakte rug.

Fräser wordt serieus.

'Ik vraag me af, Ronald, ben ik nu een dier omdat ik dat vind? Ben ik een dier omdat ik mijn gevoel voor orde en schoonheid, mijn esthetica, laat bepalen door zoiets verwerpelijks als biologie, instinct, voortplantingsdrift, hormonen? Dit zijn wezenlijke vragen, Ronald: mag een intellectueel een meisje het summum van zinsbekoring vinden?'

Als Nadine en Silke zijn uitgedept, trekken ze snel droge kleren aan en ploffen naast ons neer, in het gras.

'Ik zal je eerlijk bekennen, ik geloof nog steeds in onze onuitputtelijke zoektocht naar weldenkendheid en schoonheid in deze door arbeiders verpeste wereld, maar desondanks, desondanks ga ook ik liever eerst met een meisje naar bed voordat ik een boek pak, dan andersom.'

Hij zwijgt en de meisjes geven elkaar de fles Amaretto door.

'Ben ik wel intellectueel genoeg, vraag ik me af. Ik denk dat ik, als ik mezelf eens even helemaal waanzinnig introspectief beschouw, uiteindelijk liever neuk dan lees.'

'Cafémening, Fräser,' probeer ik hem af te kappen.

'Waar hebben jullie het over?' vraagt Nadine in het grappige Euro-taaltje dat we zo langzamerhand spreken en dat als enig linguïstisch voorschrift kent dat iedere zin zowel Engelse, Duitse als Franse woorden moet bevatten.

'Fräser zegt dat hij uiteindelijk liever vrijt dan leest.'

Nadine en Silke kijken elkaar lang en vol ongeloof aan.

'...leest?'

'Cafémening natuurlijk, maar nu even het diepst van mijn gedachten: ik word er misantropisch van als ik besef dat de hele mensheid maar rondhoereert, zich laat leiden door zijn seksuele drift en dat ík daaraan meedoe.'

'Wat zegt hij?' vraagt Nadine aan mij.

'Fräser vindt het rot dat mensen met elkaar naar bed gaan.'

De meisjes kijken hem nu helemaal vol ongeloof aan.

'Ja, dat niet aflatende verlangen van iedereen altijd maar, en de godsgruwelijke gewoonte om daarvan te getuigen, alsof het mij interesseert wat andermans bedprestaties zijn. En het lullige is, en dat is het lullige: dat dat me dus inderdaad interesseert.'

Nadine geeft het op te volgen wat Fräser zegt en imiteert hem nu: 'Gekkegekegtget, gekkekgehgehgukge.'

'Wat bedoel je nou?'

Silke: 'Ahbedoedebou?'

'Je denkt dat je een sterke, daadkrachtige, zelfverzekerde, eigengereide kunstenaar bent, maar je kan het toch niet laten om voordat je de tv uitzet even een tietenrondje te maken, even alle zenders kinderachtig na te lopen om te kijken of er nog ergens bloot is te zien.'

'Hoe groter geest, hoe groter beest, Fräser,' debiteer ik met Fräser-intonatie.

'Serieus nu. Ik weet dat als ik ingespannen zit te werken aan een zoveelste aardbevend verhaal, Samarinde maar de plooien uit het T-shirt dat ze draagt hoeft te strijken om mij mijn werk te laten vergeten. Ik vind dat vervelend, Ronnie, het zijn gewoon geen leuke momenten; ik doe niet onder voor de eerste de beste geile reu.'

Ik knik.

Nadine knikt. Silke knikt.

'Zo weet ik bij voorbeeld nu al dat ik, mijn eeuwig beminde ten spijt, voor dat mooie blonde meisje naast jou Heel Erg Warme Gevoelens koester.'

Ik kijk naar het mooie blonde meisje en naar het meisje dat mij zojuist gewoon even heel teder zoende, en luister naar het drukke gesprek dat ze voeren. In het Nederlands.

'Gekeggehgekkegek.'

'Eg gek.'

Geen leuke momenten.

Tijdsbepaling van het volgende: het is al iets meer dan een halfjaar uit tussen Reza en mij, zij is nog niet naar Israël vertrokken en woont nog bij mij in huis. Allebei 'een wilde periode' achter de rug. Avontuurtjes. Feestjes. Relatietjes. De goedmoedige vrijblijvendheden van het jong, het knap, het vrij zijn. Na Adriënne, Salbrino, Ellende en het fantastische moedermeisje Caro komt bij mij vrij snel de bezinning.

Reza's wilde periode gaat gewoon door. Ik hoor haar als ze thuiskomt, altijd lallend, ik zie haar bergen afwas, haar stapels vuile kleren, ik hoor het dreunen van haar muziek boven mij, ik kom haar en haar kennissen tegen op de gang, ik neem haar telefoontjes aan (en zij die van mij), ik voel het als ze weer eens verdriet heeft en ze zichzelf iets aandoet.

Een niet aflatend verlangen. Als ik in m'n kamer ben, 's avonds, 's nachts, als ik in m'n bed lig, in zelfgekozen eenzaamheid met piemie in de palm van mijn hand en goddomme Reza in mijn gedachten: het zijn geen leuke momenten. Ik ga dan maar douchen, om de aandoenlijke geur van droevig sperma weg te wassen of, als ik niet aan mijn gepassioneerde stemming wil toegeven, mijn stijve met een lauwe straal te bestrijden. Als ik sta te douchen kan ik haar kamer horen (Morrissey's Weltschmerz, haar voetstappen, het kraken van haar bed als ze erin stapt) en ruiken (haar 'eigenste' geur, de 'eeuwige' geur van haar kamer, haar lichaam, haar bed).

Dan komt het moment dat ik een keer klop op de deur van haar kamer, 's avonds, 's nachts, nadat ik gedoucht heb. Reza antwoordt en ik doe open.

Met alleen een handdoek om sta ik stuntelig in haar met kaarsjes verlichte kamer te staren. Reza ligt al in bed, ze heeft een vaal roze T-shirt aan en leest een boek van Gerard Reve, *De taal der liefde*. Haar cassetterecorder speelt natuurlijk The Smiths.

Zonder verwondering of onbehagen kijkt ze me aan.

'Hoi.'

'Hoi,' zeg ik, 'ik, eh, ik dacht...'

Ze minlacht me toe en wacht af.

'Ik, eh...'

'Wil je soms bij me in bed komen liggen?'

Ik knik.

Als een kind, een jongetje, goddomme. Het zijn geen leuke momenten als je erachter komt dat je toch niet zo sterk bent als je denkt dat je bent. Als blijkt dat je lul je geleidehond is en dat je wil om tijd te besteden aan Belangrijke Zaken (schrijverschap, kunst, 'goede boeken') het af moet leggen tegen de drang je kloten te legen. Ik schaam me. Mea culpa, Reza.

Voor straf kom ik al na vier seconden klaar (en Reza vraagt glimlachend of dat soms óók weer haar schuld is).

Silke ligt op haar buik in het gras, ondersteunt haar hoofd met haar handen en kijkt mij strak aan. Nadine en Fräser schaken bij de boom op een magneetbord van Nadine en ik geloof dat Nadine wint, want zij heeft tijd een krant te lezen, terwijl Fräser alleen maar zuchtend en gefronst voor het bord ligt. Ik kijk strak naar Silke terug.

We hebben een hele tijd zitten praten zonder dat het gesprek verveelde en verzandde in een zogenaamd geïnteresseerde lulligheidsconversatie over onze woonplaatsen, onze studies, onze hobby's en de honger in de Derde Wereld.

Het geeft een beetje een *unheimlich* gevoel, maar is toch zeker een intrigerend beeld: twee elkaar onbekende, mooie, jonge mensen die elkaar niet verveeld lang en strak aankijken.

Onnavolgbaar zelfverzekerd recalcitrant baldadig onstuimig tegendraads meeslepend obstinaat ongrijpbaar energiek extravert rusteloos doortrapt brutaal naïef groots flink stoer grof knap sluw lomp bot en fataal. Unbeschreiblich weiblich.

De stilte wordt verbroken als Nadine een paar keer hardop klaagt dat ze zoveel water binnengekregen heeft.

'Waarom droegen jullie *nomdedieu* dan ook geen zwemvest?' buldert Fräser, die aardig wat kwaliteiten achterstaat.

'Zwemvest?' zegt Nadine, 'we hebben toch borsten?' En om die te laten zien legt ze er heel vlug even haar gekomde handen onder, voordat ze een zet doet. Silke lacht hard.

'Ze bedoelt dat die een beetje rottig zitten als je een zwemvest aan hebt.'

'Ze vindt het gewoon leuk om er even de aandacht op te vestigen,' zegt Fräser mat.

De Amaretto verbroedert en wat Fräser met schaken niet lukt, lukt hem met handje drukken aanvankelijk ook niet; verbeten geeft Nadine al haar kracht, Fräser kijkt lange tijd op zijn nagels blazend om zich heen, tot hij haar arm grijnzend en langzaam naar het verlepte gras drukt.

We hebben dit stadium van 'wij mogen elkaar aanraken' bijzonder snel bereikt. Nadine daagt Fräser uit met haar te judoën, terwijl Silke ruggelings tegen mij aan gaat zitten. Italiaanse kinderen spelen vlak bij ons luidruchtig indiaantje met plastic pijl-en-bogen.

Na een kort gevecht zegt Fräser dat hij Nadine in de rivier gaat gooien en hij tilt haar naar het water. Nadine spartelt nog wel tegen, maar het mist overtuiging. Als ze buiten gehoorafstand zijn, beweegt Silke haar rug en ze vraagt of ik echt van Gustav Klimt hou.

'Ja,' zeg ik. Maar ik weet niet wat ik verder moet zeggen.

Dan kijken we een tijdje naar de boogschietende kinderen en naar Fräser en Nadine die de trap opgerend komen om met hun zwemvesten weer naar het water te verdwijnen. Nee, we gaan niet mee.

Silke draait haar hoofd achterover en kietelt mijn nek met haar kroeskrulletjes. Een klein en dik indiaantje schiet per ongeluk een plastic pijltje tegen ons aan, maar Silke vindt hem lief en dus wurg ik hem niet.

'Het wordt tijd dat je me iets over jezelf vertelt,' zeg ik.

'Wat wil je weten?'

'Alles.'

Ze komt uit Oeganda. Ze is een *chigro*; haar moeder was een Oegandese en haar vader een Chinees. De familie van haar moeder was tegen haar omgang met een buitenlander, en dus werd zij (haar moeder) verstoten. Silke zegt: 'Zwarten doen het met zwarten.'

Het politieke klimaat in Oeganda verslechterde en het werd voor buitenlanders moeilijker om te blijven. Haar Chinese vader probeerde met zijn vrouw en dochtertje naar Hong Kong te emigreren, maar hij kreeg geen visa. 'Chinezen doen het met Chinezen.'

De tragische gebeurtenis uit haar leven: bij een autoongeluk kwamen haar beide ouders om het leven, terwijl zijzelf lichtgewond werd opgenomen in een ziekenhuis in Kampala. 'Ik herstelde vrij vlug van mijn verwondingen, maar omdat mijn vader een Chinees was, weigerde het ziekenhuis mij te voeden. Ik huilde en huilde, maar ik kreeg geen melk, geen sapjes, geen door de westerse wereld gedumpt voedsel.'

Gelukkig liepen er in het Oegandese ook nog een paar beschaafde lieden rond: de blanken, de ontwikkelingssamenwerkers, de tropenartsen. Een Nederlandse verpleegster kwam erachter dat een klein kindje stelselmatig geen eten kreeg en zij belde een kennis, een Duitse antropologe die getrouwd was met een oogarts.

'Dit lieve echtpaar haastte zich naar het ziekenhuis, zagen het moedwillig uitgehongerde kokosnootje en namen mij stante pede mee,' zegt ze. Natuurlijk hadden die mensen het niet bedacht om het kindje te houden, ze waren nog jong en wilden na twee tropenjaren in Duitsland zelf een gezin stichten. Ze besloten het kindje een tijdje bij hen te laten aansterken om het daarna naar een kindertehuis te brengen.

Silke: 'Een Oegandese vriend wist hen hier echter van te weerhouden. In een kindertehuis zou ik niet anders behandeld worden dan in het ziekenhuis: ik zou geen eten krijgen, en mocht ik niet doodgaan, dan zouden ze me rustig een paar keer goed hard laten vallen.'

Inmiddels was er ook iets in de antropologe wakker geroepen: moederinstinct. Na het meisje een week te hebben verzorgd, wilde ze het niet eens meer kwijt.

Door de politieke situatie gedwongen, vertrok het jonge gezin van Oeganda naar Zaïre, waar het twee jaar verbleef voordat het zou terugkeren naar de Heimat, samen met Silke. Toch kwam zíj Duitsland niet in, omdat er iets niet in orde was met de papieren. 'Blanken doen het met blanken.'

Haar nieuwe ouders stonden voor de keuze: of Silke werd terug naar Oeganda gestuurd, of zij gingen allen terug naar Zaïre. 'Zij offerden zich voor mij op,' zegt Silke, 'en we gingen weer naar Zaïre, waar we vervolgens nog drie jaar verbleven tot we, eindelijk, definitief naar Duitsland mochten.'

Silke was toen bijna zes jaar. Haar vader begon een praktijk en ze kreeg twee broertjes. 'Ik kom uit een voor Duitse begrippen links milieu. Voornamelijk kwam dat erop neer dat we muesli aten, Renault reden en er in de zomer met rugzakken op uit trokken.'

Na haar middelbare school ging ze medicijnen studeren, net als Nadine overigens, en komend semester gaat ze haar co-schappen lopen in Aken, waar ze vlakbij woont in het plaatsje Willich ('What would Freud have thougt about thát?').

En de liefde?

'Ik heb geen vriendje. Ik heb twee jaar iets gehad met een jongen, Tonio, maar toen de leuke momenten de minder leuke niet meer compenseerden ben ik ermee gestopt. Al denkt Tonio daar anders over.'

'Maar ik ben overigens wel héél erg blij dat jij mij hebt gered,' voegt ze eraan toe.

'Zo, nu weet je alles.'

Nadine en Fräser komen terug van het zwemmen en leggen hun zwemvesten te drogen in de laatste reepjes zonlicht op het grasveld. Silke staat op want ze gaat kamp maken. De meisjes halen bij de Safaraid-caravan hun tentspullen op, waar ze woest mee in de weer gaan; Fräser en ik hebben niets op te zetten en we worden eerlijk gezegd nogal moe bij het zien van zoveel werklust. We besluiten dus maar om wat over de camping te struinen. In de kantine van de Nederlandse campingeigenaar heeft de Nederlandse kolonie zich met Heineken-bier en frikadellen geschaard rond één gigantisch tv-scherm om de beklimming van de Alpe d'Huez te volgen. De Nederlandse wielrenners schijnen het echter slecht te doen, er valt weer aardig wat te kankeren, die jongens van tegenwoordig denken alleen nog maar aan geld verdienen, de sfeer is verpest met als gevolg dat het erg gezellig is. We blijven er niet.

Terwijl Fräser per se iets in het kampwinkeltje wil kopen, probeer ik ondertussen Dani maar weer eens te bellen. Ik vergewis me ervan dat ik alle aanwijzingen stipt volg, maar het lukt me godallemachtig weer niet Nederland te bereiken. Is dit moedwil of misverstand?

Ik kom terug van de telefooncel als Fräser nog in het winkeltje is. Het duurt nog zeker vijf minuten voor hij naar buiten komt met een volle plastic tas. Wat heeft hij gekocht?

'Niets,' zegt hij geagiteerd, 'appels, snoep, chips, drank, een NIVEA-frisbee; niets.'

'Is er iets?'

'Nee.'

Hij kijkt me aan. 'We halen de whiskey en we gaan lullen.'

We halen de whiskey en we gaan lullen.

We zitten op de basaltblokkentrap naar de aanlegsteiger,

de zon schijnt nog fel maar het wordt al namiddag. In de kantine heeft Fräser een koelemmertje ijsblokjes versierd en we drinken rustig de Jameson.

Fräser vraagt of ik wel eens overspel gepleegd heb.

Aah, we gaan echt lullen.

Ik kan hem dat naar waarheid antwoorden: nooit echt.

Fräser ook niet.

'Niet uit een vooraf bedacht principe of zo, het is er simpelweg nooit van gekomen. Ja, of het zou zo moeten zijn dat je ook overspel pleegt als jij niet degene bent die bedriegt, maar degene die helpt bedriegen.'

'Wat bedoel je?' vraag ik.

Fräser gaat ervoor zitten en zegt: 'Jongen, ik zal jou eens een verschrikkelijk verhaal vertellen.'

## FRÄSERS VERSCHRIKKELIJKE GESCHIEDENIS

*waarin Edgar Fräser een verschrikkelijk verhaal over overspel vertelt, maar meer nog zijn bezorgdheid uitspreekt over Nadine. En over zijn 'eeuwig beminde' Samarinde.*

'Het was in de tijd ver voor Samarinde. Ik zat op een keer in Café Flater en ik had de halve avond met een redelijk leuk meisje gepraat. Toen het café sloot en Rajka, zo heette ze, geen fiets bleek te hebben, was het behoorlijk logisch dat ik haar achterop de mijne even naar huis bracht. We kwamen bij haar voordeur en begonnen zomaar heftig te zoenen en te voelen, en na een tijdje stopten we even om mijn fiets tussen ons vandaan te halen. Rajka woonde tegenover een kerk die ze aan het verbouwen waren, en zij trok me mee achter een met oranje plastic behangen stellage, tot we aan het zicht van de straat onttrokken tegen die kerk stonden. Jongen. Ze trok haar rokje onmiddellijk omhoog en frunnikte wild aan mijn rits. Ze was ontzettend geil en ik vroeg waarom we niet naar haar kamer gingen, maar dat kon niet, zei ze, want dat zou te luidruchtig zijn of zo, in ieder geval had ze me ontzettend snel stijf in haar hand en of ik dat nu leuk vond of niet:

ze trok haar slipje uit, ging wijdbeens op een traptrede staan en wilde Gods wateren over Gods akkers hebben.

Jongen, ongelooflijk. Ik heb daar in die straat met een vrijwel wildvreemd meisje echt *beest*achtig staan neuken. Tot twee keer toe. Met alles erop en eraan. Haar gekreun moet drie blokken verder te horen zijn geweest. Rajka kwam zo bulderend klaar en zo vaak, dat ik er koud van werd.

Nou goed, toen ze eindelijk bevredigd was liepen we weer naar haar voordeur, alsof er niets was gebeurd, ik pakte mijn fiets, Rajka zocht naar haar huissleutel; bleek dat ze die kwijt was.

"Nou ja," zegt ze droog, "dan bel ik wel aan. Mijn vriend ligt toch op mijn kamer te slapen." En ze drukt meteen langdurig op de huisbel. *Haar vriend.*

Ik denk Jezus. "Moet ik nu niet weg dan?" vraag ik.

"Waarom? Hij weet toch niet wat we gedaan hebben?" zegt ze en je gelooft het niet, maar ze pakt met haar ene hand mijn middelvinger en met haar andere hand rolt ze nog even haar rokje op. Dan gaat het licht in het portaal aan, ik trek snel mijn vinger uit haar terug, de deur gaat open, en zij zegt opgewekt: "Hoihoi Martin, sorry, sleutel vergeten!" en ze geeft Martin een kusje.

Martin kijkt naar mij en Rajka zegt: "Dit is Edgar, hij heeft me op de fiets even thuis gebracht. Aardig hè?"

De jongen lacht me slaperig en vriendelijk toe en guess what, Martin steekt z'n poot naar me uit. Wil me een hand geven. En het klinkt ontzettend belachelijk, maar iemand geen hand geven staat uiterst onbeleefd en dat kan je gewoon niet maken. Ik probeer nog m'n vingers aan m'n broek af te vegen, maar dat staat ook zo raar, dus ik geef hem maar een hand. Ik geef hem attenoie een kleddernatte hand.

En toen gingen ze samen opgewekt hun huis in. Rajka zwaaide nog. "Dahag Edgar."

Jongen, ik fietste naar m'n kamer toe, ging op m'n bank zitten en zal ik eens iets eerlijks zeggen? Ik kon die nacht alleen nog maar denken aan Martin. Ik voelde me niet flink, niet stoer, niet bevredigd, ik dacht alleen maar aan Martin, aan godvergeten Martin.

Die Rajka ben ik later nog één keer in Flater tegengekomen, ze kwam naar me toe en ik moest me inhouden om niet te zeggen: "Jij bent een smerig loeder."

Ze zei: "Hé, ik ben vanavond weer lopend. Breng je me thuis?"

En hoewel ik onmiddellijk weer een stijve kreeg, heb ik het kunnen opbrengen om nee te zeggen. Ik heb gezien dat zij zich toen door een andere jongen naar huis liet brengen. Daar moet je toch van janken, Ronald, daar moet je toch van jánken?'

*Fräser en Ronald praten nog lang over deze geschiedenis na. Fräser vindt Nadine zo leuk, maar dat had Ronald al geraden. Bij Fräser zeurt er echter steeds een zinnetje door zijn hoofd, en toch betrapte hij zichzelf erop dat hij net in het kampwinkeltje, om het niet aan het twaalfjarige verkoopstertje te hoeven vragen, de hele zaak had afgezocht naar 'venerische bescherming'. Fräser heeft die niet gevonden.*

We fietsten in een kleurennegatief. Het was avond, het had gesneeuwd en de natriumverlichting was ontstoken; het was steenkoud. Reza en ik stonden urenlang te wachten voor een stoplicht, naast ons schrapte een man zijn auto uit een gletsjer en bij een bushalte wachtten twee hoogbejaarden op de bus naar de begraafplaats. Reza vroeg terloops welk meisje ik het aardigst vond bij het restaurant waar ik werkte. Reza's jaloezie tot in de diepste geniepigheden kennend gaf ik geen antwoord.

'Kommophee, je vindt toch wel iemand het aardigst,' zei ze, 'het is toch heel normaal dat je íemand het aardigst vindt?'

'...'

'Jezus, ik vraag alleen maar wie je het aardigst vindt.'

'Ik vind Caroliene het aardigst,' zei ik snel en ik zag Reza denken: zozozo, Ronald vindt Caroliene het aardigst.

'Is dat het meisje dat je nu aan het inwerken bent voor achter de bar?'

Ik knikte. Zozozo, Ronald vindt Caroliene het aardigst. Gewiekst probeerde ik het gesprek op een of ander lullig onderwerp te brengen, maar Reza gaf geen antwoord en keek stug voor zich uit. Zozozo, Ronald vindt Caroliene het aardigst. Toen het stoplicht op groen sprong en we verder reden schreeuwde ze plotseling: 'EN BEN JE AL MET HAAR NAAR BED GEWEEST?'

De oude mensjes en de schrapper keken verschrikt naar haar op en ik deed niets anders dan bij het volgende stoplicht mijn shawl voor mijn mond vandaan trekken en mijn zuchten nuttig maken door er mijn handen mee te warmen.

Wat ik achteraf het stomste vind, is dat ik zo naar Reza's jaloezie gehandeld heb. Als ik achterin een café een oud schoolvriendinnetje zag zitten gaf ik haar geen aandacht, want iedere omgang met andere meisjes gaf voedsel aan Reza's gezeik.

Iedere omgang. Op een keer kwam Reza terug van een feest voor eerstejaars dat zij als ouderejaars mede georganiseerd had. We hadden trouwens daarvoor al een ontzettende ruzie gehad, want Reza wilde op dat feest bij wijze van gimmick twee door mij gevulde oorbellen dragen, wat ze me vertelde tussen de eerste en de tweede oorbel in; en toen ik weigerde om ook in die tweede mijn zaad te storten, deed ze het zelf met vloeibare zeep uit een handpompje.

Reza kwam thuis van dat feest. Trouwens het feest waar ze die Tino ontmoette, over wie ze het later veel zou hebben. Wat ik toejuichte natuurlijk, want als ze over een ander ging praten zou ze zelf wel inzien dat ze zich tegenover mij niet zo krampachtig hoefde te gedragen. Wat overigens weer later een totaal andere wending kreeg toen Reza vertelde dat ze alleen maar met Tino omging om mij jaloers te maken. Wat overigens *weer* weer later, toen het al uit was tussen Reza en mij, een *totaal* totaal andere wending kreeg toen ik hoorde dat Reza inderdaad met die Tino naar bed was geweest, maar dat ze dat alleen maar had gedaan omdat ze zeker wist dat ik ook rondhoereerde.

Maar goed. Reza kwam dus thuis van dat koleirefeest. Het was een uur of vier en ik zat onvermoeibaar te werken aan een lang verhaal over ene Ronan, die na afloop van een nogal bizar fuifje ontmaagd werd door een leuk jong meisje en haar moeder.

Reza was tipsy en begon lomp over mij heen hangend te lezen wat ik in eenzaamheid geschreven had: een vrolijke vrijpassage over een gezellig manege à trois, twee gelieven die de liefde bedreven op z'n paardjes terwijl het meisjespaardje knabbelde aan een struikje stro. Uitermate grappig, al zeg ik het zelf.

Reza was verontwaardigd. Ik was een klootzak. Ik schreef dat soort dingen alleen maar omdat ik het graag zelf wilde meemaken. Ik schreef nooit over haar. Waar bleef nou toch die grote liefdesroman die ik haar beloofd had. Ik had helemaal niets voor haar over. Ik hield niet meer van haar. Ik ging naar bizarre feestjes en ik vertelde haar daar niets van. Ik ging met andere vrouwen naar bed. Enzovoort.

'En dan nog wel te bedenken dat ik speciaal voor jou en alleen maar voor jou die oorbellen vanavond niet heb ingedaan,' zei ze en snikkend ging ze op bed liggen, waarop ik haar troostte en het verhaal over Ronans ontmaagding stomweg nooit heb afgemaakt.

Daar komen Nadine en Silke aan. Ze hebben glazen bij zich en strijken naast ons neer. Ook hebben ze zich verkleed: Nadine draagt een strakke spijkerbroek en een wijd streepjesoverhemd, Silke een zwarte wielrennersbroek en een strak rood T-shirt met ronde hals en halflange mouwen; haar lange kroeskrulletjes heeft ze opgestoken met een zwarte haarband. Deze meisjes zijn werkelijk onsterfelijk.

Heel licht, maar nog niet overtuigend, begint het te schemeren; Fräser mengt voor de meisjes de Amaretto met de Jameson; hij en ik roken sigaar en de meisjes op z'n meisjes sigaret; begenadigd door het leven luisteren we zwijgend naar de zomerse geluiden van de stromende rivier, het broeierige landschap en de krekels om ons heen; in het dal achter ons stookt men kampvuren en grillt men vlees; af en toe jengelt er een kind of toetert er een auto – dit volmaakte moment van rust en tevredenheid mag wat mij betreft duren.

Jonge goden in Frankrijk zijn we.

Met Reza heb ik ook eens gezeten langs een rivier in Frankrijk, luisterend naar de avondgeluiden. Aan het einde van die middag hadden we Kunstenaarjean-marc en Hester uitgezwaaid, en omdat het geen zin meer had om van het Bois de Boulogne naar de stad te liften, bleven we op de camping.

Ik was heel lief voor Reza, die avond. Dat had ik namelijk beloofd. Ik had Reza beloofd, die ochtend toen ze eindelijk ophield met huilen, dat het van nu af aan alleen nog maar leuk zou zijn tussen ons, dat het weer zou worden zoals in het begin, toen we allebei nog verliefd waren en alleen maar bij elkaar wilden zijn. De periode dat ik haar zo verschrikkelijk mooi en baldadig vond dat ik om haar mijn liefde te tonen alles zou hebben gedaan. ('Ook m'n vader pijpen?' – 'Je opa als het moet.')

Waar ging de scène van die ochtend over?

Over haar winterjas.

Snikheet buiten en Reza liep de straten af in een bontgevoerde, lange loden jas. Compleet mesjogge vond ik het. Doe die jas toch uit, Reza, je loopt voor gek, raar kind. Ik zei het tientallen malen maar ze trok zich er niets van aan. Plaatsvervangende schaamte. Wij op een terras: Kunstenaarjean-marc met ontbloot bovenlijf, ik in een polo, Hester in een T-shirt en Reza in een winterjas. Compleet gestoord.

'Ik draag wat ik wil.'

En ik dacht: Waarom kan je nou nooit eens een keer normaal doen?

(Waarom moet je toch altijd en overal anders zijn dan anderen en altijd en iedereen daarmee confronteren? Waarom moet je altijd en eeuwig vertellen over je frustraties, je angsten, je dromen, je tekortkomingen, je complexen, je meningen, en weet ik wat nog meer? Waarom moet je altijd en voortdurend aan het woord zijn, hoe stompzinnig en overbodig een gesprek ook is? Waarom begin je altijd en zomaar scènes te maken? Waarom wil je altijd en onophoudelijk over seks en het liefst over 'neuken' praten?)

Op datzelfde terras:

'Hebben jullie ons trouwens nog horen kreunen, vannacht?'

Hester, die geërgerd van ons tafeltje liep om wat ansichtkaarten te bekijken bij een stalletje verderop; Jean-marc, die het café inging om te flipperen op kasten die in Nederland allang verdwenen zijn.

'Jij zal ook nooit eens je mond houden over seks, hè?'

'Ik zeg wat ik wil.'

'Je ergert Hester met dat gevis.'

'Ik doe altijd en alles verkeerd, hè?'

'Nee Reza, maar probeer nou eens een keer normaal te doen, doe nou om te beginnen die winterjas eens uit.' (God mag weten waarom ik me zo ergerde aan die jas...)

'Jij houdt gewoon niet meer van me, dat is het.'

'Ik hou nog heel erg veel van je, maar niet van dat gezeik heel de tijd.'

'Jij vindt het gewoon leuk om met me naar bed te gaan, maar voor de rest ben ik stront.'

'Alsjeblieft, Reza...'

'Je vindt me gewoon lastig, ik ben alleen maar goed om te neuken...'

Die laatste woorden liet ze even op zich inwerken en toen begon ze weer eens te huilen.

'... Ik ben al-leen maar goed om te... om te...'

En natuurlijk reageerde ik niet anders dan zoals ik altijd reageerde op haar tranen: ik sloeg mijn armen om haar heen (die ze eerst woest van zich afsloeg, maar na enig aandringen toeliet) en toen fluisterde ik, honderd- en honderdduizend maal: 'Reza hé Reza, Reza ach Reza, Reza toe Reza, Reza kom Reza,' en toen ze ein-de-lijk ophield met huilen, en ik weer dingen had beloofd, fluisterde een intriganterig stemmetje in m'n achterhoofd: 'Hé Ronald, misschien ís het wel zo dat je alleen maar bij haar bent om met haar te...'

Toen we die avond aan de oevers van de Seine het schemerviolet van de hemel zagen verdwijnen, keek Reza me in het donker van dichtbij aan en fluisterde: 'Zullen we het nu eindelijk in de tent op uitbundige wijze gaan goedmaken? Ook dat had je beloofd.' (En dat was waar.)

Nadine en Silke vragen of ze Fräsers NIVEA-frisbee mogen lenen en ze beginnen het ding onhandig naar elkaar over te gooien.

Fräser heeft hetzelfde gevoel als ik en zegt: 'Dit is een Mooi Moment, vind je niet? Dit is literatuur, maar dan in het écht. Al die geluiden van de avond, deze sfeer.'

Ik knik.

'Door momenten als deze ga ik mezelf afvragen hoe of het zit met dat fantastische schrijverschap van mij. Ben ik wel genoeg begeesterd door literatuur om het leven ervoor op te willen geven? Natuurlijk ben ik dat, natuurlijk, maar is het schrijven over momenten als deze wel even bevredigend als de momenten zelf?'

'Als je een goede schrijver bent,' zeg ik.

'Ja, als je goed bent. Daar gaat het om. Het lijkt me verschrikkelijk, eerlijk, echt verschrikkelijk om niet goed te zijn. Om je je hele leven toegewijd en met overgave in te zetten voor de edele zaak als bij je dood blijkt dat je niet meer bent geweest dan een overbodige martelaar.'

Fräser-wending: 'En toch, nadat ik de boeken had gelezen van Jeroen en Harry, van Jan, Wim – Fred en generaal Reve, en veel meer nog die van Danilo, Milan, Julio en natuurlijk Djeedie, toen dacht ik: oké-oké, dit ontslaat mij van de plicht wereldliteratuur te schrijven. Je hoeft niet voortdurend te proberen het beste te schrijven dat er ooit geschreven is. Een voetballer van het nationale elftal van Malta die er op zijn vierentwintigste nog in gelooft dat zijn team wereldkampioen zal worden, is aandoenlijk. En meelijwekkend. Ik heb mijzelf in de duistere jaren van mijn puberteit tot schrijver geprogrammeerd, heus, maar ik heb er geen zin in om voortdurend als een Don Quichotte het allerhoogste na te jagen en krampachtig te proberen de Olympus te bestormen. Het heeft lang geduurd voordat ik dat durfde te beweren.'

Hij trekt een zak chips open en gaat ervoor zitten.

'Voor mijn zestiende heb ik niet veel gedaan. Ik was achtereenvolgens cabaretier, striptekenaar, schilder, beeldhouwer, fotograaf, vormgever, journalist, jonge cultuurdrager, filosoof en dichter. Gewoon een aardige jongen. Toen, na het lezen van zomaar een boek, *kwam* ik *in* de literatuur. Plop, boing. Ik ben schrijver. Sterker nog: ik ben de allergrootste schrijver die de aarde ooit gekend heeft en zal kennen. Ik ben de literatuur.

Ik wilde mezelf opsluiten in een ruime witte kamer, met alleen een wit bed, een witte tafel, een witte stoel, een zwarte pen, een schrijfmachine en veel papier. Ik wilde sober zijn, serieus zijn, en voor mijn achttiende wereldschokkend debuteren.

Ik werd vreselijk serieus en goed. Ik kwam tot de conclusie dat literatuur iets te maken had met stille leeszalen, met ernstige colleges, met voetnoten, met ongelukkige mensen, met eruditie, met metaforen, met de onzegbaarheid van de waarheid en de onkenbaarheid van het individu, met oorlog vooral, met dood, met Latijn, met het "opbouwen" van een "eigen wereldje", met het tellen van het woordje *ik* in een dichtbundel, met droogkloterige literatuurwetenschap, met musjes die niet van daken mogen vallen, en ik vond dat ik mijn romans ook moest schrijven op het stramien van zelfingenomen ernstigheid en volgens dogma's die ik mijzelf had aangepraat of had laten aanpraten. Bij voorbeeld het dogma dat literatuur geen jongensspelletje kon zijn. En dat literatuur de enig mogelijke verwoording was van passie en emotie.

Ik was ervan overtuigd dat schrijven voor mij iets allernoodzakelijkst was en tegelijkertijd werd mijn wil om te schrijven gefnuikt door het dwanggebod dat wat ik schreef wereldliteratuur moest zijn. Uit piëteit voor alles wat ik las schreef ik niets meer. Ik ben voor mijn achttiende niet wereldschokkend gedebuteerd. Voor mijn twintigste ook niet. En ook niet voor mijn vierentwintigste. Ik begon gelukkig een beetje moe te worden van al dat schrijverschapsgeouwehoer, van dat verwaten gezeur over die witte kamer. Ik begon in te zien dat het niet had uitgemaakt of ik de literatuur had aanbeden of een andere lulligheid. Een sport of zo. Of de Beegees.

Aah nee, sorry, nu zit ik te zeiken. Ik ben nog steeds schrijver, buiten kijf, maar ik vind dat ik dom ben geweest om literatuur zo serieus te nemen. Ik ben serieus geweest jongen, attenoie. Ik heb zelfs op een koude winterdag, ik was een jaar of twintig, alles in de vuilniscontainer gestort wat ik in de laden van mijn bureau kon vinden: gedichies, verhaaltjes, romanconcepten, schoolkranten, toneelstukken, aanzetjes, motto's, brieven, *Chicks*, een nasi rames speciaal, alles – met geen andere emotie dan de gedachteloosheid van de volgeling die van zijn goeroe een nieuwe naam krijgt. "De grote winterschoonmaak" was dat, en ik ben er godverdomme oprecht bedroefd om. Mijn tekstjes, mijn krabbeltjes, mijn kattebelletjes, mijn louter just and only for the goddamned fuckin' fun of it geschreven ongegoten, ongedreven verhaaltjes.

Ik schrijf voor mijn lol, ik moet om mezelf grinniken en ik vind het een prettige bezigheid. Ik weiger om mezelf en de literatuur serieus te nemen. Ik wil niet meer serieus zijn. Nooit meer serieus zijn. Ik vind: de literatuur is een jongetjes- en meisjesspelletje. Schrijven is: lekker pielen en kutten, ravotten, stoeien, frisbeeën; de literatuur is een speeltuin. Verdomd.

Ik geloof dat ik eruit ben, jongen: de literatuur is een speeltuin.'

Het schemerviolet vervaagt van de wolken. De meisjes zijn gestopt met frisbeeën en zitten weer naast ons. De glazen zijn leeg en Fräser heeft alle chips opgegeten. Nadine vraagt of wij geen kamp moeten maken, want we hebben onze spullen nog steeds niet uitgepakt. Ik vertel hun dat we geen tent hebben en dat we gewoon onder onze dekbedden slapen, in de open lucht.

'Zozo,' zegt Silke, terwijl Fräser opstaat en zijn nieuwe NIVEA-frisbee pakt, 'zijn jullie macho's?'

'Wij màcho's?' zeg ik en Fräser laat zijn spierballen even zien. Dan gooit hij stoer de frisbee recht omhoog; het ding stuitert met een boog net niet het water in.

'Dáár heb ik zo'n hekel aan: aan macho's,' zegt hij, 'aan jongens die willen laten zien dat ze "een man" zijn, aan mannen die zich laten leiden door kinderachtige geldingsdrang. Yuppies, strebers, winners, American dreamers die hun imperium ooit met een krantenwijkje zijn begonnen, selfmade men, carrièremakers: allemaal parvenu's.'

Ik loop naar de onderste tree van de basalttrap en pak de frisbee, die ik aan Fräser geef.

'Jongens,' zeg ik, 'die onophoudelijk roepen dat ze "het gaan maken", mannen die auto's belangrijk vinden, en merken van kleren, en een aandeel van een obligatie kunnen onderscheiden. Mannen die praten over vrouwen als "leuke dingetjes", "doosjes", "gleufjes" die ze "vanuit het bed naar alle hoeken van de kamer hebben gestuiterd".'

Met zijn rug naar de rivier gaat Fräser wijdbeens op de onderste trede staan.

'Mannen die het over zichzelf hebben als "deze jongen" en "succes hebben is nu eenmaal de aard van dit beestje". Mannen die geen hart hebben maar een "rikketik" en geen handen maar "poten" die ze uit hun "mouwen steken". Mannen die niet leven als ze geen overwinningen halen, niet goed in bed zijn, kaal worden en geen geld verdienen.'

'Zoals Fräser,' zeg ik, een hand op zijn schouder leggend.

Nadine en Silke moeten hard lachen.

'Nou dat is jammer, jongens,' zegt Nadine, 'Silke en ik hadden net besloten dat jullie ons mee uit eten mochten vragen.'

Dan draait Fräser zich half om, buigt als een discuswerper achterover en zeilt de frisbee met een enorme ellipsbaan over de rivier. We kijken de frisbee na en zien hem aan de overkant op het keistrandje landen.

Fräser springt in de lucht, stompt mij en schreeuwt: 'JAHAAH! Het is me gelukt! Het is me ein-de-lijk gelukt! De frisbee over de rivier! Holland spreekt een woordje mee! Wij zijn winnaars! Mannen! Echte mannen!'

En even abrupt als hij uitbarstte, herwint hij zijn kalmte, draait zich naar de meisjes terug en vraagt rustig of het hen believt met ons te dineren.

Samarinde vroeg eens aan Fräser, toen wij haar noodden aan onze enorme (maar gebruikelijke) ochtenddis en ze de overvloed aan louter ongezonde en vette spijzen in Fräsers dikke lichaam zag verdwijnen, of Fräser nooit aan sport deed. Natuurlijk deed Fräser aan sport. Samen met mij. Iedere dag schaafden wij onze techniek bij.

En omdat Samarinde het niet geloofde zijn we in de lange gang van ons huis Het Elkaar Op Grote Afstand Overgooien Van De Reisboeken Van Cees Nooteboom gaan voordoen.

Hij heeft begrepen dat je hier in de buurt bij een bijzonder goed restaurantje heel lekker kunt eten en hij wil graag weten waar we precies moeten zijn. Het Amsterdamse echtpaar kijkt Fräser vriendelijk maar onbegrijpend aan.

'Lékker eten?' vraagt de besnorde man, alsof er een nieuwe wereld voor hem opengaat.

'Je bedoelt het kampresterant zeker. Daar hebben ze frikedellen en petat met Nederlandse mayenaise,' zegt de besnorde vrouw.

Fräser oppert voorzichtig dat we eigenlijk meer iets bistroërigs zochten, iets waar je lekker Frans kunt eten.

'Fráns eten?' vraagt de man.

'In Vayrac hebben ze vast wel Franse resteranten,' zegt de vrouw, 'dat is het dorpie hier in de buurt. Met de auto is het ongeveer vijf minuten rijden.'

Ze wijst ons de richting aan.

Fräser knikt vriendelijk en zegt dat we weliswaar geen auto hebben, maar dat dat niets geeft want dat we gewoon gaan lopen.

'Lópen?' vraagt de man. Het gaat hem nu te ver. Hij gromt wat tegen zijn vrouw, wenkt ons, wenkt ons nog eens en gedwee lopen we met z'n vieren achter hem aan de camping-parkeerplaats op.

'En nou instappen,' zegt de man, de achterklep van zijn station-Kadett openend, 'voor ik me bedenk.'

De hobbelige autorit:

Silke en ik zitten tegenover Fräser en Nadine.

Fräser praat met de bestuurder.

Nadine en Silke giechelen.

Silke legt haar been over mijn been.

*(...)*
*And if a double-decker bus*
*crashes into us*
*to die by your side*
*such a heavenly way to die*
*(...)*

Reza en ik hadden de mooie gewoonte om als we in geldnood zaten bij dure zaken te winkelen, gebonden boeken te kopen en eersteklas te reizen.

En als we echt platzak waren dan spraken we onze laatste girocheques aan om chic te dineren. Niet gehinderd door het feit dat we te jong waren om overtuigend luxe uit eten te gaan kleedden we ons mooi aan, lieten we ons per taxi naar een restaurant rijden, liepen we gedistingeerd naar onze gereserveerde tafel, gokten we een voorgerecht, een soep, een hoofdgerecht, de wijn en besloten we altijd met een Grand Dessert en Irish Coffee. Elcerlic, Gingers, Brasserie, Polmanshuis, Bauer in Soest, de Drie Musketiers – na ons de zondvloed.

In de taxi terug maakte ons berouw de zonde alleen maar mooier, soms zoenden we wat, maar meestal zwegen we samenzweerderig.

*(...)*
*and if a ten ton truck*
*kills the both of us*
*to die by your side*
*the pleasure and the privilige is mine*
*(...)*

We worden afgezet in het centrum van het dorpje, op een plein voor een groot en statig gebouw, het landhuis van kapitein Haddock. Het gebouw blijkt het dorpshotel te zijn en is verlicht en versierd met ballonnen en vlaggen. Op een spandoek staat dat er die avond een dorpsbal wordt gegeven en dat iedereen welkom is. Daar gaan we naar toe, dat is duidelijk.

Maar eerst gaan we dineren. Achter het dorpshotel, in een laan met cypressen, vinden we een restaurantje met een terras, waar we aan een kleine tafel gaan zitten, in wat Fräser een chiasme noemt:

Silke Fräser
Ronald Nadine

## *Het aperitief*

Zomerloomheid: we drinken Ricard vermengd met water en we zitten onderuitgezakt in de zoele avondbries, waarin de zachte geur van de meisjes (seringen) zich mengt met de geur van de late jasmijn. Blakende koppen hebben we, door de zon gedroogd en verwilderd haar en ik voel mijn schouders, mijn nek en mijn onderarmen tintelen.

Fräser en ik vertellen onze uitgekiende grappen en anekdotes waar Nadine en Silke vaak uitbundig om lachen, zoals wij uitbundig lachen om hun grappen en anekdotes. Als we dan alle vier een moment stil zijn omdat we luisteren naar het zoete getokkel van twee oerlelijke mandolinespelers onder een van de cypressen bij het terras, vind ik het echt iets voor Fräser om te zeggen dat we hier met vier mooie jonge mensen aan één tafel zitten, dat we loom zijn, tevreden en achteloos anijslikeur in onze glazen laten cirkelen, dat we in de bloei zijn van ons leven en mogelijk zelfs gelukkig, en dat hij derhalve voorstelt dat hem een pistool wordt aangereikt en hij ons alle vier door het hoofd schiet.

## *Het voorgerecht*

Ons wereldbeeld krijgt een gevoelige knak: drop is niet iets typisch Nederlands, zoals men ons jarenlang heeft voorgelogen. Gewoon een *Lakritze,* reageert Silke en we haten haar. Ook Nadine kijkt niet op of om van Fräsers Topdrop. Mooie boel is dat. Gelukkig hebben ze van korfbal inderdaad nog nooit gehoord, al zijn de ondankbare meisjes er ook niet bijster van onder de indruk. Korfbal is oorlog, vertelt Fräser, en terwijl hij daarna de Franse lellebel nogal freudiaans probeert uit te leggen wat een korf is, onderbreekt het nazimeisje hem met de ongevraagde opmerking dat Frank Rijkaard een lama is. En dat doet pijn.

Fräser kijkt Silke lang en indringend heel boos aan terwijl zij met pretogen naar Nadine kijkt. Op het moment dat de ober onze salades komt brengen, gebaart Fräser naar mij: 'Rijkaard, wie was dat ook alweer?'

De salades. Fräser had een notensalade besteld, ik een kaassalade en Nadine en Silke samen een fruitsalade. Hoofdbestanddeel van alle salades: eendelever. Speciaal voor Fräser.

'Godverdomhet, het lijkt wel alsof die Fransen hier álles met eendelever klaarmaken. Vieze gewoontes ook altijd. Daar kan ik trouwens nog een heel leuk voorbeeld van geven, over eenden, maar het is wel een beetje een goor praatje. Eh goor, vies, bah, over seks en zo.'

'Vertel,' zegt Nadine.

'Het is een verhaal van de Markies de Sade, die weet ook nog een andere manier om een eend nuttig te maken. Je schroeft van een ladenkastje de achterwand eraf en stopt een eend in een van die laden. Het hoofdje van de eend houd je geklemd tussen de la en de voorkant van de kast. Het grappige is dus dat als je die eend vanachter pakt en op je hoogtepunt die la dichtklapt, de eend een extra spiertrekking heeft en dat schijnt heel erg aangenaam te zijn.'

Silke walgt, Nadine begrijpt het niet.

'Wát doe je dan?'

'Dan klappen ze die la dicht,' zegt Silke.

'Ja maar daarvoor... wat doen ze met die eend?'

'Daar steken ze hun ding in.'

'Hun ding? Hè bah. Maar Jezus, dat is toch zielig voor die eend?'

We lachen alledrie.

'Daar hoef je mij niet zo boos voor aan te kijken,' zegt Fräser tegen Nadine, 'het was een Fransman die dat schreef.'

Hij neemt een hapje eendelever.

'Ik vind overigens überhaupt au fond dat die Fransen rare gewoonten hebben. Neem bij voorbeeld de Franse toiletten; dat zijn toch geen toiletten voor een beschaafd land? Daar is toch niets menselijks aan? Een mislukte douchecel met een gat in het midden en twee voetstappen eromheen. Sta je te persen met de verontrustende gedachte dat je je stront wellicht in je onderbroek drapeert. Noem me een intellectueel, maar ik wil mijn poep achteloos uit mezelf weg laten vloeien. Dat overgeconcentreerde schijten in dit land: ik voel me altijd een beest als ik hier sta te kakken. En niet denken dat ze je een beetje helpen door stangen op te hangen die het achteroverleunen vergemakkelijken, welnee, je mag al blij zijn dat die voetstappen niet zijn ondergezeken en spekglad zijn zodat je met drol en al in het afvoergat dondert als je iets te ver achterover helt. Nee, op het gebied van de poep heeft de Europese Eenwording nog een hoop te verzetten.'

Silke zit te hikken en Nadine vindt dat Fräser nu z'n mond moet houden omdat we zitten te eten. Fräser vraagt of de meisjes ook onuitgesproken wedstrijdjes houden wie er het langst kan plassen als zij gelijktijdig met elkaar op het toilet gaan zitten.

'Doen jongens dat?' vraagt Silke.

'De langste pisser is de echte man, de verliezer is een mietje. Er worden in de pauzes bij films heel wat plasgevechten gevoerd. Wie kan het langste kletteren? En het fermst, want zielige druppelaars tellen natuurlijk niet mee.'

'Edgar,' zegt Nadine, 'vertel nog eens wat over korfbal.'

### *De wijn*

Dingen waar je nu nooit over leest: dat de obers hier een touwtje aan hun riem hebben waar een klein wijnglaasje aan hangt, en dat ze dat glaasje gebruiken om zelf een slokje te proeven van een net geopende fles wijn.

Onze ober brengt ons een fles nog net voordat onze eendelevers verorberd zijn. Hij opent de fles, houdt zijn glaasje in één hand, proeft de wijn en kust vervolgens de gecirkelde duim en middelvinger van zijn andere hand.

Dan mag Fräser proeven, die het overlaat aan Nadine, die het overlaat aan Silke, die het overlaat aan mij en ik laat het over aan Fräser, die het overlaat aan Nadine, die het overlaat aan Silke, die het overlaat aan mij; en dit zo door tot in lengte der dagen en we allen dood ende begraven zijn.

Daarna geeft Fräser de ober met een simpel handgebaartje ('wij-vertrouwen-jou') te kennen dat het onzinnige voorproeven achterwege gelaten kan worden.

Als de ober weg is, zegt Fräser dat hij zijn neus toch niet in dat glaasje had gekregen.

*Het hoofdgerecht*

Gezellig hoor: in Aken heeft Silke eens een voorstelling gezien van ene Herman – kennen we die? – Herman von Veen. We doen een rondje Nederland. Amsterdam, Renesse, Volendam, Kutwijk, is that how you call it, Kutwijk? En Rutger Hauer natuurlijk. Silke en Nadine besluiten dat Rutger Hauer een heel erg knappe man is en wij proberen erachter te komen of zij hem perhaps vielleicht peut-être kennen uit een nagesynchroniseerde versie van *Turks Fruit*. Daartoe vertaalt Fräser een van zijn meest geliefde en door hem meest geciteerde passages: "What do you do with me?" – "I spread your legs, I put my dick in you and I'm going to fuck you till I smell that sweet breath of you no longer."'

De meisjes denken even na.

Eh nee. Ze kennen Rutger niet uit deze film, maar doet dat er iets toe? Edgar, vertel verder.

*Turks Fruit*: dat was een problemenfilm. Reza had op een gegeven moment namelijk het voor haar volkomen vanzelfsprekende syllogisme ontwikkeld:

> Ronald leest in *Turks Fruit*
> Monique van de Ven speelt in *Turks Fruit*
> Ronald wil in Monique van de Ven spelen

Dit is niet om te lachen. Monique van de Ven is inderdaad

mijn eerste grote 'hopeloze' verliefdheid geweest. Ik was een jaar of negen en de NCRV zond de serie *Sil de Strandjutter* uit, waarin Monique van de Ven de rol speelde van een aangespoeld meisje dat door een strandjutter liefdevol in zijn gezin wordt opgenomen. De avonden dat de serie werd uitgezonden lag ik 's avonds in mijn bed onbedaarlijk te zuchten en te fantaseren over mijn carrière als filmacteur en de vele liefdesscènes die ik samen met Monique zou spelen. Hoewel dit nogal jungiaans klinkt: ik moet toen hebben ingezien dat Monique van de Ven een oervrouw was, een Eva, een archetype van een zinnelijke, sensuele, mij beminnelijke vrouw. Toen de serie was afgelopen, heb ik in het diepste geheim – wij waren thuis van de VARA en hadden een verschrikkelijke hekel aan overlopers – een brief geschreven aan de NCRV of ze de serie niet konden herhalen, wat ze (ik meen het jaar daarop) inderdaad deden. Op de avonden dat de serie herhaald werd, zonderde ik mij af op mijn kamertje en maakte met een oud rapid-toestel foto's van het kleine zwart-witschermpje van mijn televisie, juist als Monique van de Ven close-up in beeld kwam. Een onvervalst staaltje kinderleed: want toen ik de drie volgeschoten rolletjes naar de fotohandelaar had gebracht, bleek bij het ophalen dat over alle foto's een zwarte band liep. Dat had te maken met de sluitertijd van het rapid-toestelletje, zei de fotohandelaar, die mij desondanks zowel het ontwikkelen als het afdrukken volledig liet betalen. Zo kwam ik thuis: verliefd maar blut en verslagen, met van Monique voor de eeuwigheid bewaard slechts gedeelten van haar haar, haar hals en één keer haar mond. Uiterlijkheden die ik overigens ook kan aanwijzen in de vriendinnetjes die ik 'na Monique' gehad heb (háár haar, háár hals, háár mond), hoewel dat niet zozeer puur met uiterlijk te maken heeft, als wel met iets onbeschrijfelijk vrouwelijks. Zo was Reza als Monique van de Ven. Zo is Silke als Monique van de Ven.

Niet dat Reza het leuk vond dat ik haar met stompzinnige naïviteit complimenteerde door haar met een andere vrouw te vergelijken. Integendeel zelfs. In een interview in *Vrij Nederland* vertelde de actrice die eerst de rol van Olga in *Turks fruit* zou gaan spelen: 'En toen kwam Monique van de Ven op de set en dacht iedereen alleen nog maar aan neuken.' Haha, dat was een goeie! vond ik – met als gevolg dat als Reza en ik in gezelschap naar de tv keken en onverwachts Monique van de Ven een rolletje in een serie of film speelde, Reza getergd opmerkte: 'Let maar even niet op Ronald jongens, Ronald denkt even aan neuken.'

'Ja, sex is a pretty messy business, zoals T.S. Eliot te pas en te onpas tot vervelens toe debiteerde,' zegt Fräser na een orakel over allerhande viezigheden, 'of willen jullie liever over Plato praten?'

Nou, Silke weet ook nog wel een leuk verhaal.

Op het laboratorium van het Academisch Ziekenhuis waar ze college had, kregen een paar leerling-artsen les van een oude leraar, die hun uitlegde hoe ze speeksel moesten onderzoeken. De meisjes moesten hun eigen spuug op een glaasje onder de microscoop leggen en onderzoeken. Een van de meisjes zag 'hele rare dingen' in het kijkrondje en voor alle zekerheid haalde ze de oude docent erbij. De man keek in het rondje en stelde het meisje gerust; wat ze zag was niet verontrustend. Maar het meisje wilde toch weten wat die rare dingetjes waren, waarop de docent haar nogmaals zei dat ze zich echt geen zorgen hoefde te maken. Het meisje liep de man achterna.

'Ik wil echt weten wat het is,' zei ze en vele leerling-artsen keken op van hun kijkgaatjes.

'Wilt u echt weten wat u in uw mond heeft?' vroeg de leraar dwingend. Het meisje wilde het echt weten.

'Goed dan,' zei de man droog, 'als u het echt weten wilt: u heeft mannelijke zaadcellen in uw mond. Sperma, om het u nog duidelijker te maken.'

Het meisje knikte en liep terug naar haar microscoop.

'Dat had ie toch meteen kunnen zeggen,' zei ze, waarop zij en vrijwel iedereen in schaterlachen uitbarstte. Wij ook.

Seks! Als er toch één taal is die we allemaal spreken dan is het wel 'de taal der liefde'. Nu we het er eenmaal over hebben, vertellen Silke en Nadine onophoudelijk gore verhalen uit het ziekenhuis. Over mannen wier lullen door draaiende stofzuigermotoren zijn onteikeld, mannen met diep in hun anus een vibrator die ongelukkigerwijs nog aanstond richting hun darmen, vrouwen die uit angst voor een beroving hun geld in hun hoogstpersoonlijke portemonneetje hebben gestopt en het vervolgens niet meer kunnen vinden (maar het wel heel erg hard nodig hebben om de taxi naar het ziekenhuis te betalen), vrouwen met bevriezingsverschijnselen omdat ze hun massagestaven in de diepvries hebben bewaard, mannen en vrouwen die tijdens het vrijen zomaar in elkaar vast blijven zitten en door een chirurg weer moeten worden gescheiden; ja, in Duitsland en Frankrijk gebeuren rare dingen.

En Fräser vertelt heel beeldend over de zogenaamde fop-, volgens de wetenschappelijke benaming ook wel afleidingsclitores: vleesbobbeltjes die eruit zien en zich voordoen als een clitoris, maar dat helemaal niet zijn (waar je natúúrlijk pas achterkomt als je er al een kwartier aan hebt gezogen); en terwijl zich zo een heerlijk gesprek ontpopt over a kindergarten called s.e.x. (over caprofagie, over urolagnie, over klysma's, over frottage, over tribadie, over Fräsers stokpaardje: het verschijnsel 'priapisme' bij christelijke kunstenaars, over smegma en natuurlijk over het oosterse carezza), brengt de ober ons de hoofdgerechten.

De meisjes hebben allebei een tournedos besteld, met een heerlijke dillesaus, frietjes, een salade met eendelever en een medaillon van warme groenten. Het ziet er verrukkelijk uit, echt waar.

Dan komt ook de ober met de gerechten die door culinairdeskundige Edgar Fräser zijn gekozen uit de schier onuitputtelijke lijst Franse lekkernijen. Je spreekt dit wonder der kookkunst uit als 'veaux de porc à la vinaigrette', en verdomd: klinkt dat lekker of niet?

Veaux de porc à la vinaigrette.

Bedankt, Fräser.

'Hoe kon ik dat nou weten?' zegt Fräser verongelijkt.

Met afgrijzen roer ik mijn vork door de veaux de porc à la

vinaigrette, Fräser knikkert zijn duim tegen zijn bord en even lijkt het alsof de veaux de porc à la vinaigrette nog leeft.

Hij bibbert.

En nu krijgen we ook te maken met de eerste echte taalproblemen van deze vakantie: na lange discussies met Nadine over metaforen komen we er toch niet uit wat 'veaux de porc' nu precies inhoudt. Even ziet het ernaar uit dat onze maaltijd alleen maar zal bestaan uit het opvissen van de krenten uit de vinaigrette, totdat Fräser geërgerd de ober roept en nog tweemaal tournedos bestelt.

En als je ooit nog naar Frankrijk op vakantie wil: 'veaux de porc à la vinaigrette' ziet eruit en smaakt als de doorzichtige blubber die stroomt uit de dikke onderbenen van vrouwen die zich bij een plastisch chirurg laten ontvetten. Met sladressing.

Dit onzinnige voorbeeld doet me overigens onbedoeld aan Reza's borsten denken.

Reza's borsten waren klein, maar gepolijst als een kunstwerk. Sierlijke, edele jonge-meisjesborsten. Glad en ovaal van onder en in het nachtlicht alsof ze met goudverf waren beschilderd. De tepels perfect.

(Haar tepels, Jezus. De tepels zijn het belangrijkste deel van de borsten, dat weet een kind. Niet de ogen maar de tepels zijn de spiegel van de ziel. Hoe goed ken je een vrouw als je in de gezwollenheid van haar tepels haar gemoed kunt lezen?)

Reza's huisarts had al via een zware anticonceptie-pil geprobeerd om de groei van haar borsten te bevorderen, maar dit had weinig effect gesorteerd en Reza dacht erover om ze bij een plastisch chirurg te laten vergroten.

Het besluit daarover liet ze min of meer aan mij over.

'Wat je ook besluit,' zei ik, '*jij* neemt het besluit.'

Reza wilde er vaak over praten. Als ik zei dat ik echt geen mening had dan was ik ongeïnteresseerd, als ik zei dat ze er voor mij echt niet in hoefde te laten snijden dan leefde ik niet mee en zou ik haar niet steunen als ze het toch zou laten doen, en als ik zei dat ik haar echt zou steunen als ze het toch zou laten doen dan was dat het bewijs dat ik haar borstjes inderdaad te klein vond. Het waren gezellige gesprekken.

In een driftige bui heeft Reza toen onverwachts een keer met haar nagels schrammen in haar borstjes gemaakt en ik was daar echt bijzonder boos om. De volgende dag heb ik in *de Volkskrant* in de rubriek 'Mededelingen' een advertentie gezet: *'Reza, jouw borsten zijn twee parels in dit immense tranendal van lelijkheid en ongeluk. Laat dat. Ronald.'*

Reza heeft de advertentie gelezen zonder dat ik haar erop heb moeten wijzen. Een erg mooi moment: ze kwam 's ochtends op mijn kamer en vroeg onmiddellijk: 'Wil je dat ik ook een advertentie zet of zal ik je maar gewoon vertellen dat ik vind dat ik stom geweest ben?' Daarna kroop ze bij me in bed en zei dat het heel lief van me was om zoveel geduld met haar te hebben. We hielden gewoon heel erg veel van mekaar, dat moment.

Later vertelde ze dat ze dacht dat ze als ze grotere borsten zou hebben dat ze dan misschien wel dat ze met grotere borsten misschien wel dat ze dacht dat ze met grotere borsten misschien dat ze *dan* misschien wel.

De tournedos heeft toch nog voortreffelijk gesmaakt, de ober haalt de borden weg en de meisjes geven elkaar een sigaret aan.

Sigaret rokende meisjes in het avondlicht, dat vind ik nou mooi. Een vrouw die 's avonds haar haar achterovergooit heeft nog iets achteloos, een vrouw die rookt maakt een gebaar. De manier waarop een meisje haar sigaret tussen haar gestrekte vingers houdt, hoe ze die naar haar mond brengt, met toegeknepen ogen een trek neemt en strak de rook uitblaast: het onbeschrijflijk vrouwelijke.

We praten over de meisjes. Ze hebben elkaar twee jaar geleden met Pasen in Parijs ontmoet, toen Silke met haar ouders in het hotel verbleef waar Nadine 's ochtends de sloten koffie met melk serveerde. Bleek dat ze beiden medicijnen studeerden en beiden tropenarts wilden worden.

Fräser vindt dit goed. Tropenarts worden. Heel goed.

Ik kijk naar Silke en zij blaast haar rook door de rook van mijn sigaar.

'Onze generatie,' begint Fräser (kan iemand die man tegenhouden), 'is een generatie die geen opwinding kent, geen hartstocht, geen grote emoties. Onze generatie is tot op het bot blasé. Er is honger in de wereld, nee niet lachen jongens, al lees je nog zoveel boeken: er gaan kinderen dood van de honger. Er sterven op straat clochards. Er zijn enorm veel gevallen van discriminatie van buitenlanders. Er is de opkomst van racistische partijen. Er is enorme milieuvervuiling. De Derde Wereld wordt uitgebuit. Onder intellectuelen is het al lang weer bon ton om grappen te maken over negers, joden en homofielen, om van het blote borsten kijkende klootjesvolk maar te zwijgen, maar het verschrikkelijkste vind ik het besef dat alle ellende westerse jongeren koud laat, simpel omdat engagement een heel erg oud en vies woord is en niets te maken heeft met geld verdienen.'

Fräser praat, Nadine knikt instemmend en probeert Fräser vergeefs aan te vullen – en ik kijk naar Silke en Silke kijkt naar mij.

'En daar komt nog bij de vreselijke angst om voor moralist door te gaan. Oprecht bezorgd zijn over het lot en de dingen van de wereld: dat wordt terzijde geschoven met de woorden "idealistisch", "onrealistisch" of nog erger, met "jaren zeventig".'

Nadine werpt iets tegen en zegt vervolgens iets over de studentenopstand in Parijs van een paar jaar terug.

'Waar ging dat toen om?' zegt Fräser rustig, 'om geld, niet om idealen. Als het niet om geld, eten, televisie kijken of veilig vrijen gaat, dan winden jongeren zich nergens over op.'

Nadine spreekt Fräser tegen door hem opgewonden gelijk te geven. De rest van hun conversatie gaat grotendeels langs me heen door het intrigerende spel van oogcontacten dat ik heb met Silke. Wat ik nu ga beschrijven komt ongetwijfeld onzinnig over, maar frankly, ik leef op dat soort dingen.

Fräser en Nadine praten, Silke en ik kijken naar elkaar.
We kijken naar elkaar alsof we niet naar elkaar kijken.
Ze bijt een stukje van de nagel van haar middelvinger.
Ze knijpt haar ogen een beetje samen.
Ze kijkt me nu iets indringender aan.
Ik wend mijn blik af, onmiddellijk.
Ik recht mijn rug (schouders breder).
Ik kijk geconcentreerd in onbestemde richting.
Ik draai mijn hoofd naar haar terug en kijk haar weer aan.
We hebben even oogcontact.
Ze draait haar hoofd naar Fräser.
Ze strijkt met haar hand langzaam door haar haar.
Ze tuit haar lippen, schijnbaar achteloos.
Ze kijkt me weer aan.
We hebben nu iets langer oogcontact.
Ze houdt haar sigaret bij haar mond.
Ze neemt een trek terwijl ze me aankijkt.
Ze blaast haar rook uit en houdt haar mond even open.

'Daarom vind ik het goed en waarlijk als er mensen, jongeren, zijn die zich van deze overheersende gedachte niets aantrekken en bereid zijn, uit bewogenheid, iets te doen voor een goede zaak. Sociaal advocaten. Greenpeacehelden. Vervuilde-vogelwassers. Ontwikkelingssamenwerkers. Tropenartsen.'

Nadine knikt.

'Het is de grenzeloze ingekaktheid. Het is het bloedeloze leven. Het is de egoïstische onbetrokkenheid. Het pogen de wereld te verbeteren is een kinderachtig en onhaalbaar streven dat gedoemd is te mislukken. Ik vind het daarom bewonderenswaardig dat er toch nog mensen zijn die wel begaan zijn met het lot van andere mensen en de problemen in de wereld, de honger bij voorbeeld. Ik vind het goed dat jullie de tropen in willen, echt waar, ik vind dat goed.'

En het valt me mee van Fräser dat dit niet zoals gebruikelijk een doortrapt en onredelijk betoog geworden is. Hij maakt geen enkele lullige opmerking en komt zowaar oprecht over. Zelfs als hij vraagt of er nog wat friet zit in een bakje dat de ober heeft vergeten af te ruimen, zie ik geen zweem van guitigheid in zijn ogen.

*Geen dessert, koffie met Armagnac*

Genoeg over politiek.

Semantische discussie over het woord *geil*: volgens Fräser, die veel boeken leest, betekent het Duitse woordje geil *blij, vrolijk, frohlich, Spaß machen*, maar Silke, die uit Duitsland komt, kent deze betekenis niet en uit haar omschrijving van het woord ('sexuell attraktiv') blijkt dat het Duitse geil hetzelfde is als het Nederlandse geil.

Het Franse woord voor geil is: lascif.

Fräser wijst de meisjes op een interessante kant van het woord geil, dat als een van de weinige woorden ook is wat het betekent. 'Geil' is namelijk een geil woord. Van het woord 'hongerig' wordt Fräser niet hongerig, maar van het woord geil, dat durft hij rustig toe te geven, wordt hij geil.

'LAAAAASCIF!' brult Fräser over het terras en Nadine kijkt naar hem terwijl ze haar hoofd met haar handen ondersteunt.

'Ben je nu geil?' vraagt ze, al dan niet naïef.

('Vieze woorden.')

In de Franse straattaal is *nana* het woord voor een meid en *nénés* het woord voor borsten, vertelt Nadine.

Dat lijkt wel poëzie, vindt Fräser.

'Klankdicht,' zegt hij. 'Nana. Nénés! Nounou. Neuneu?'

'Nono,' zeg ik.

Het wordt al laat. De meisjes hebben zin om te dansen. We gaan naar het dorpsbal.

*De rekening:*

Voor het Letterkundig Museum.

Zwalken is het goede woord – rozig maar uitgelaten (dronken) van de Ricard, de wijn en de Armagnac zwalken we gevieren arm in arm door het bedommelde oud-Franse laantje met de cypressen (waar de warme avondwind zachtjes in ruist) naar het met lampionnen versierde dorpshotel van kapitein Haddock. We passeren de mandolinespelers en Fräser verzucht zomaar volslagen onverwachts dat het leven mooi is. En toevallig heeft Fräser daar gelijk in. Het leven ís mooi. En leuk. En geluk ook.

'Het klinkt misschien een beetje onbeholpen,' zeg ik, 'maar gelukkig zijn maakt me erg gelukkig.'

Silke en Nadine glimlachen.

'Even between us, Ronald,' vervolgt Fräser, 'die rare toop dat geluk "niet te beschrijven" zou zijn – noem me naïef, Nadine, noem me vierentwintig, Silke, maar ik vind het leven mooi en daar lees ik nou nooit eens iets over in die verrotte, godvergeten lite*w*atuu*w*.'

Nadine en Silke lachen en knijpen ons nog steviger vast dan ze al deden.

'Je kan wel merken dat jullie schrijvers zijn,' zegt Silke.

Een bemodderde telefooncel op het plein voor het dorpshotel doet me denken aan de lelijke baby van Dani, mijn vriend, mijn maecenas. Ik vraag Fräser en de meisjes zich te posteren op een houten bankje en zelf sluit ik me op in de cel door de glazen vouwdeur (uiteraard in een andere richting dan ik gedacht had) dicht te klappen.

Terwijl ik zo'n beetje alle mogelijke combinaties van twaalf cijfers tevergeefs aan het draaien ben, komt Silke naar de cel toegelopen, drukt zich er tegenaan en legt haar oor op het glas. Ze wil meeluisteren, de schat.

Eigenlijk is ze bijzonder leuk, deze donkere bijna-vamp; deze zwarte Lolita; deze gewoon zomaar even heel tedere zoenster (ze ziet er zo grappig uit nu ze haar beide borstjes als twee pannekoekjes tweedimensionaal tegen het glas gedrukt houdt) en eigenlijk koester ik nu al hele warme, hele mooie, hele tedere en hele zachte gevoelens voor haar.

Silke ziet dat ik glimlach en voordat ze teruglacht, kijkt ze me eerst een paar momenten strak en 'heel gevaarlijk' aan. Dan kust ze het glas van de cel en draait zich kordaat om naar het houten bankje.

We belanden in een film van Fellini, dit dorpsfeest. Aan de zijkanten van de lange feestzaal zitten uitsluitend dorpsfamilies bij grote boogramen en onder grote spiegels, en in het midden van de zaal onder grote kroonluchters wordt uitsluitend door dorpsfamilies gedanst, op versleten parket.

Dikke vrouwen met hoge suikerspinnen dansen langzaam met elkaar op landelijke en melancholieke klanken van drie accordeons, tientallen Louis-de-Funèssen draaien met hun eega's ingehouden in het rond en ontelbare jonge meisjes en jongetjes springen uitgelaten een onbedoelde horlepiep.

Het maakt een overweldigende indruk en gevieren blijven we een moment zwijgend bij de ingang staan.

Het feest valt niet stil als wij de zaal betreden en gaan zitten aan het enige vrije tafeltje, in een hoek naast de toog. De eerste paar minuten blijven we timide om ons heen kijken, tot ik iets te drinken ga halen. Bij een barvrouwtje bestel ik vier bier en zij vraagt of wij uit Parijs komen. We zien er uit als 'Parisiens', vindt ze.

We zitten tussen schreeuwende mannen met bretels en vrouwen met oranje kleren aan, en toch is het niet ongezellig. Fräser vraagt Nadine ten dans, maar na veel aandringen durft zij toch niet, waarop Fräser haar het verlepte parket opsleept. Samen krijgen zij daarop min of meer de slappe lach en gaan ze op in de zwierende dorpsgemeenschap.

En aan de rand van deze feestende, dansende, schreeuwende, lachende, ruziemakende, blaffende, drinkende, rokende, zoenende en slapende menigte zitten Silke en ik – en we kijken naar elkaar.

We hebben het erover dat de Dordogne maar een saaie rivier is en dat dit de eerste keer is dat er eens iets opwindends gebeurt en dat het goed is dat wij vieren elkaar hebben ontmoet omdat zij ons en wij hen leuk vinden en dat het wel klikt tussen ons vieren en dat er in liefde en vriendschap niet zoveel gezeurd moet worden en dat echte grote onbaatzuchtige liefde bijna niet meer schijnt voor te komen en dat jaloezie zo verschrikkelijk is en dat we dat allebei hebben meegemaakt en dat je geen claims op elkaar moet leggen en dat eeuwigdurende liefde praktisch gezien uitgesloten is, kijk maar om je heen, en dat carpe diem een mooie filosofie is en dat er een Nederlandse schrijver is die schreef: *erotiek is de onwankelbaar echte, geniale gemoedstoestand voor alle ervaring*, en dat seksualiteit eigenlijk best wel heel erg mooi is en dat wij hen gered hebben en dat dat heel erg *lief* was en dat zij er allebei heel erg knap uit zien en dat zij in het bijzonder heel erg knap is en dat ik ook knap ben en dat zij lekker ruikt en dat ik grappig ben en dat ze me zoende bij de rivier gewoon omdat ze zin had om te zoenen en dat dat een mooi moment was en dat ze houdt van onverwachte manoeuvres en da-

'We maken er een dolle boel van,' zei Reza. Ze kende een hele goede nieuwe discotheek, ze was er de dag ervoor in haar eentje ook al geweest, en ze had ontzettend gelachen. Ik vroeg haar waar ze tegenwoordig uitging, want in Flater zag ik haar nooit meer en verder scheen ik uitsluitend te komen in de verkeerde disco's en cafés, op de verkeerde dagen en tijdstippen. Reza wist me feilloos te vertellen welke plaatsen uit waren en welke in. *Astaire* lag er helemaal uit, *Fellini's* was de praat van de stad.

'En jij,' vroeg ze, 'waar ga jij tegenwoordig het liefst naar toe?'

'Fellatio's,' zei ik.

Vond zij: Flauw, maar ze lachte wel.

De goede discotheek die ze bedoelde, was een verbouwd studentencafé en ik zou iets gaan meemaken, bezwoer ze. Ik zette m'n fiets tegen het hek van de gracht en er viel me niets op. We gaven onze jassen af bij een meisje, we wisselden vijfentwintig gulden en er viel me niets op.

Toen stapten we de zaal binnen en Reza had niets te veel gezegd. Prachtige dansarena met flikkerende lichten onder het oppervlak. Blacklight-pilaren. Een aquarium van tien meter lengte met een mozaïek van miljoenen gekleurde belletjes. De muren versierd met *op-art* van marmer en onyx. Tafels en krukken vol gaten en fallussymbolen. Een bar van honderden in plexiglas gegoten CD's. Helemaal geen mensen. Wat?

Helemaal geen mensen.

Ik keek Reza aan. Ze grijnsde.

'Mooi hier, hè?' (Schreeuwend. Schor.)

'Was het hier gisteren ook zo druk?'

'Gisteren was ik hier in m'n eentje.'

Bij de bar bestelde ik een dubbele Southern Comfort en een whiskey, en ik moest negen van de tien gewisselde roze muntjes bij het meisje inleveren. De tiende gaf ik erbij als fooi (we maakten er tenslotte een dolle boel van).

Toen ik Reza haar drankje gaf vroeg ze hoe het met me ging en ik vroeg hoe het met haar ging en Reza liep naar de DJ om te vragen of de muziek wat zachter kon. En dat kon. Verdomd, het kon.

Het werd een vreemde, weemoedig makende nacht. In huis meden Reza en ik ieder gesprek; maar op dit volslagen onverwachte samenzijn in deze onvoorstelbare omgeving overstelpten we elkaar met een stroom verhalen, verwijten en verklaringen. Reza vertelde over overspel. Ondanks haar enorme jaloezie was ze zelf.

Met twee jongens naar bed geweest. Met Tino en Rocco om precies te zijn. Die jongens konden mij niet schelen (Rocco was me nog van pas gekomen), maar toch was ik tot in het diepst van mijn ziel verontwaardigd. Overspel. Woedend beet ik Reza allerlei verwensingen en Reza mij allerlei verwijten toe; Reza moest janken en ik ook bijna, en dit was het moment dat de DJ en het barmuntenmeisje zich zwijgend achter een privé-deur terugtrokken om ons de rest van de nacht alleen te laten. (Alleen het meisje kwam later nog eenmaal de zaal in om stil en vlug onze glazen bij te vullen – en dat was erg lief.)

Toen we merkten dat men ons in discretie ruzie liet maken, moesten we beiden lachen, Reza door haar tranen heen. Daarop omhelsden we elkaar plotseling. Er stond op dat moment een verzamel-CD 'Lullige Nummers' op, en op het schorre *Only a fool breaks his own hart* probeerden we te slijpen ('schuifelen' volgens Reza), totdat Reza weer uitbundig moest huilen en we op het freudiaanse meubilair gingen zitten om elkaar nog meer verwijten te maken, maar wel lievere.

Door de lullige langzame liefdesballades werden we echter weemoedig en we begonnen over 'ons' te praten en over 'vroeger' en zo, en nog weer later als goede vriendinnen over Rocco en als oude jongens over Ellende.

(Haha.) Reza stelde voor dat we thuis, naast een wc-rollenklassement ook een condoomklassement zouden bijhouden op het toilet; en ze wist zeker dat zij dat zou gaan winnen, want met Rocco deed ze het dus echt bijzonder veel, eigenlijk was dat het enige wat ze met Rocco deed want voor de rest was hij een beetje dom, een beetje nogal heel veel dom, vond ze.

'Kom je bij hem wel klaar?' vroeg ik achteloos.

Ze schudde van niet (en bij mij die nacht lukte het haar trouwens ook niet).

Strike a pose!

Iets vervreemdends: de drie accordeonisten op het podium stoppen hun landelijke potpourri en na een korte pauze schalt er onverwachts door de antieke speakers in de hoeken van de zaal een nummer van Madonna: *Vogue*. In een vlaag stuiven alle jongeren van het dorp enthousiast de dansvloer op voor één grote, hossende en springende ontkenning van tweeënhalfduizend jaar beschaving. Let your body groove to the music.

Ook ik word door Silke het parket op getrokken.

Ze roept dat dit niet echt haar muziek is, maar vraagt toch of ik kan voguen. Ze pakt me beet en neemt om de beat een andere vogue-pose aan. (*Uitdagend. Afwezig. Opstandig. Afwerend. Wijzend. Hunkerend. Begrijpend.*) Nadine en Fräser dansen naar ons toe en Nadine voguet verder met Silke. (*Aanhankelijk. Baldadig. Lippentuitend. Minachtend. Bellenblazend. Buigend.*) Fräser en ik staan er rustig bij en kijken naar de meisjes. Dan zegt Fräser: 'Wat hier nodig is, is een klootzak die zich er allemaal niets van aantrekt. Ronald, jongen, stigmatiseren!' We knikken elkaar bemoedigend toe en doen vervolgens met de meisjes mee. (*Verleidend. Beheersend. Tergend. Ongeïnteresseerd. Krachtig. Verachtend. Nadenkend.*)

Ladies with an attitude, fellas that are in the mood. We voguen met z'n vieren en de dorpsjongeren geven ons Parisiens de ruimte. Vooral Fräser maakt er een show van, Nadine schaterlacht (*Middelvingerstrekkend. Stuitend. Lubriek. Homo-erotisch. Masturberend. Pijpend.*) terwijl Silke haar armen op mijn schouders legt, me strak aankijkt en móói voguet. (*Eén hand om m'n nek, haar lichaam afgewend. Haar handen op mijn borst, haar hoofd achterover. Haar ene hand afwerend voor zich uit, de andere in haar zij. Haar handen op mijn heupen. Met haar rug naar me toe. 'Heel gevaarlijk', haar nagels in mijn nek. Mijn hand op haar hals. Enzovoort, er zouden hier nog generaties baltsethologen op kunnen afstuderen.*)

Dan is het plotseling afgelopen.

Na een korte stilte bestijgen de accordeonisten het podium, de jongeren gaan weer zitten en de suikerspinnen en Louis-de-Funèssen walsen langzaam verder. Alleen Fräser blijft nog een tiental minuten onverstoorbaar doorvoguen.

Ons en zo. Weet je nog dat we oud en nieuw vorig jaar in Soest vierden, waar we het huis van Papi voor onszelf hadden? Om half zeven was de familie haars weegs gegaan, om zeven uur waren we gesoigneerd en omgekleed (jij oogverblindend mooi, jong en krachtig in een goudzwarte galajurk, en ik in een belachelijke smoking van Papi), om acht uur zaten we half ontkleed op de bank bij de kerstboom, om half negen lagen we nakend in het grote familiebed (hoewel we ons voornamen pas om twaalf uur stipt vuurpijl en kruitbusje te ontsteken) en om negen uur stond er plotseling iemand aan de voordeur: Constantin. Was op doortocht van Utrecht naar Ergens in Brabant en had dringend advies nodig. Was er dit jaar eindelijk voor zichzelf achtergekomen, durfde eindelijk hardop te zeggen dat hij, dat hij *hmo* was, weet je nog? Ik weet nog dat wij hem vanonder het dekbed overrompeld en verbouwereerd aankeken.

'Hoor ik nu goed dat je zegt dat je...?' vroeg jij.

Constantin stond op van de rand van het grote bed, liep naar het raam en zei met katholieke geëxalteerdheid: 'Ja jongens, ja. Ik ben homoseksueel.'

Toen ging hij weer aan het bed zitten, legde zijn hand op het dekbed ter hoogte van mijn schaameigen en zei: 'Wees maar gerust, Ronald, jou vind ik seksueel niet aantrekkelijk.'

En toch was het een schok, hoewel we natuurlijk zeiden dat we het al die tijd al van hem gedacht hadden. In de eerste seconden van dat nieuwe jaar, toen Constantin na een veel te kort gesprek zijn tocht allang weer vervolgd had (met van mij het advies het zijn ouders niet, en van jou het advies het wel te vertellen), vierden we de toekomst gewoon op z'n hetero, maar vlak daarvoor hadden we, tegen ons voornemen in en speciaal voor Constantin, een lepeltje gemaakt.

Zalig uiteinde, Constantin.

Fräser en ik walsen samen, als twee 'brothers in blue' zwieren we over het parket. Een klein grapje om de stemming er een beetje in te houden. Het wordt niet bijster gewaardeerd. Afkeurend kijken de mannen vanaf de kant toe en de suikerspinnen dansen twee aan twee, met pruillippen om ons heen. Uiteraard roept dit tegendraadse gevoelens in Fräser op en voordat hij mij zal proberen te tongzoenen kap ik onze dans af.

We kunnen maar beter gaan, besluiten we, we knikken vriendelijk naar de vrouw achter de tap en verruilen de feestzoelte voor de avondkoelte.

In werkelijk het pikkedonker (pure poëzie toch?) moeten we de weg terugzoeken naar de camping. De Grote Padvinder Edgar Fräser gaat voorop en zal ons leiden door het doolhof van smalle asfaltwegen en onverharde boerenpaadjes waar we in terecht zijn gekomen. Hij zal zich oriënteren op de maan, de sterren en het onhoorbare ruisen van de rivier. Bedankt, Fräser. Om het allemaal nog spannender te maken roept hij dat de Dorrrdogne de enige plek in Europa is waar nog wolven in het wild leven.

'Werkelijk?' gilt Silke, al dan niet naïef, en ze klampt zich aan me vast om me niet meer los te laten. (Bedánkt, Fräser.) Nadine en Fräser lopen een paar meter voor ons, arm in arm, en ze giebelen voortdurend.

'Nadine vindt Fräser leuk,' fluistert Silke samenzweerderig.

'Fräser vindt Nadine leuk,' fluister ik terug en we kijken elkaar aan. In het donker haar ogen.

Dan slenteren we verder.

Zij vindt mij leuk, zegt ze.

'Vind je Rocco leuk?' vroeg ik. We stonden bij m'n fiets. De portier had gevraagd of we de volgende keer al onze vrienden wilden meenemen.

Reza vond Rocco niet 'leuk'. Hij was spannend. Hij was klein en dik en rook naar zweet. Hij was bot en hij was zeker niet aardig.

'Waarom ben je dan met hem?' vroeg ik. Reza sprong achter op mijn fiets.

Ze wist het niet en kon het ook niet uitleggen. Ik was altijd zo geduldig en begripvol; hij was hard en ongenaakbaar. Als Reza huilde en scènes maakte, snauwde hij haar af of zette hij haar zijn kamer uit. Als hij wilde vrijen zei hij: 'Ik wil neuken.' Als hij gepijpt wilde worden pakte hij haar hoofd en drukte het naar zijn onderbuik. Als hij haar neukte zei hij dat zij een slet was.

'Dat pik je toch niet?!' zei ik, maar Reza kon het niet schelen en als het aan haar lag zou ze altijd bij hem blijven; hoe schofterig hij haar ook behandelde en hoe vaak hij ook met andere meisjes naar bed ging.

Ik riep: 'Doet hij dat dan?' en Reza zei: 'Ja hoor,' en ook dat ze dat helemaal niet erg vond en geen jaloezie meer voelde. We kwamen bij ons huis en ik zette m'n fiets in de gang.

'Ik snap hier níets van,' zei ik, 'ik snap het werkelijk niet.'

'Ik heb met Rocco geen naïeve kinderliefde.'

'O dat niet. Wat heb je dan met hem?' riep ik.

'Ssst. Je maakt iedereen wakker.'

'Wat dan? Volwassenenliefde? Dierlijke liefde?'

We liepen de trap op.

'Seksliefde,' zei ze.

'Pfff, seksliefde –'

'Stil nou, jij zegt altijd dat ik stil moet zijn op de gang. Kom mee naar mijn kamer.'

Waar het een enorme troep was en overal halflege glazen stonden en volle asbakken met Durex-papiertjes en peuken. Reza verpropte één pak softcakes.

'Ik begrijp trouwens niet waar je je druk over maakt,' zei ze en ze begon zich uit te kleden, 'jij hebt ons min of meer bij elkaar gebracht.'

'Ja, dat is waar, maar ik vind het zo raar, zo vreemd, hoe jij veranderd bent. Al jouw jaloezie. Al die scènes.'

Haar kleren wierp ze in de kamer. Ze hield alleen een slip aan en ging in haar bed liggen. Ik keek naar haar.

'Nou, kom je?'

Nou, kom je.

'Kom je. Kom je. Ik wil niet meer met je naar bed, Reza.'

'Doe niet zo moeilijk, Ronald. Ik wil het, jij wilt het.'

'Ik wil niet meer nooit meer met je naar bed, dat zeg ik toch? Ik denk aan Ellende.'

'Hmm-mm,' lachte ze schamper en ze stapte uit bed, deed het licht uit, liep naar me toe, keek me aan en legde rustig haar hand op mijn gulp. Ik zei nee, zij zei ja, ik duwde haar van me af, maar weer legde ze rustig haar vingers op mijn broek en kneep erin. Ze kreeg mijn rits open, stak haar hand in mijn boxershort en zette daarna haar nagels in mijn lul. Die werd groot en mooi en sterk, de verrader.

'Zie je nu wel.'

Ze zakte door haar knieën en nam me in haar mond, een geniepig kort, fel pijpje. Even beet ze en ik dacht: 'O, God,' maar toen richtte ze zich weer op en ging met haar rug lichtgebogen naar me toe staan.

Toen ik zei: 'Ik weet niet of ik dit wel wil,' lachte ze hard, drukte zich op me, en ik denk dat we onze huisgenoten inderdaad wakker hebben gemaakt.

Nadine en Fräser zijn uit het zicht verdwenen maar we horen ze wel af en toe lachen. Opeens gaat Silke onverhoeds op de grond liggen en zegt dat ze zo de sterren beter kan zien. De sterren beter kan zien, raar kind. Ze vraagt of ik naast haar kom liggen en een halve minuut kijken we zwijgend naar de maan en de honderden sterren. Ik verwacht ieder moment filosofische lulkoek over de nietigheid van de mens en het onvoorstelbare van het universum, maar in plaats daarvan citeert ze zonder enige aanleiding Duitse poëzie (die ze uit haar hoofd kent doordat haar moeder haar in Zaïre aan de hand van gedichten probeerde te leren lezen).

*Da stieg ein Baum. O reine Übersteigung!*
*O Orpheus singt! O hoher Baum im Ohr!*
*Und alles schwieg. Doch selbst in der Verschweigung*
*ging neuer Anfang, Wink und Wandlung vor.*

'Rilke,' zegt Silke.

's Avonds elkaar bedwelmen met poëzie, zoals dat al eeuwen gebeurt. We blijven op de grond liggen, en ik citeer mooie regels van Gossaert (*In het midden van mei als de nachtegaals zingen en de avondglans huwt aan de morgense schijn, als de schuchtere geur van de late seringen zich mengt met de geur van de vroege jasmijn*) en Roland, nee, Roland Holst (*O, laten wij maar zacht zijn, en maar niet het trotse hoge woord van liefde spreken, want hoeveel harten moesten daarom breken onder de wind in hulpeloos verdriet*). Silke begrijpt de regels een beetje, zegt ze, maar vindt ze desondanks erg mooi.

De overstap van poëzie naar seks is niet zo groot, zij het dat seks een leuker onderwerp is.

'Bist du ein guter *Lover*?' vraagt Silke direct in grappig nasynchronisatie-Duits.

Bin ich ein guter Lover.

'Das ist doch nicht etwas das ich weiß, *Miss Johnson*,' zeg ik. Silke lacht. Dan staat ze op en zegt dat we Nadine en Edgar natuurlijk niet moeten verliezen. Ik sta ook op van het asfalt, en nog immer bang voor wolven lopen we Nadine en Fräser achterna. Tot we bij een splitsing komen.

Wat nu? De wegen zien er beide even (on)begaanbaar uit en ze zouden beide naar de camping kunnen leiden. Welke kant zouden zij hebben genomen?

'Wat gok jij?' vraagt Silke.

'Ik gok altijd mis,' zeg ik, 'hoewel ik soms ook wel eens goed gok.'

'Dan denk ik dat we op elkaar zijn aangewezen,' zegt ze pathetisch, 'alleen maar op elkaar.'

We wandelen inderdaad minstens een uur met z'n tweeën door de donkere Franse weilanden en akkervelden, zonder dat we Nadine en Fräser vinden. We hebben elkaar om ons te troosten net heel eventjes omhelsd bij een boom, heel natuurlijk en zo, en toen zijn we weer doorgelopen. Hoe laat het is weten we niet, en welke kant we op moeten evenmin. We staan bij de zoveelste splitsing midden in een maïsveld en Silke zegt dat ze geen zin meer heeft om óf links óf rechts af te slaan.

'Laten we eens rechtdoor gaan, de maïs in.'

Dat is een mooi plan. We wurmen ons tussen de nog ongerijpte maïs, ik ga voorop en kap ons er met mijn arm doorheen. Silke houdt mijn andere arm vast. Dieper in het veld is de maïs geplant in banen waar we net tussendoor kunnen lopen. Na een paar minuten komen we onverwachts bij een open plek in het veld. Een locus amoenus, zeg maar. Eén zijkant van het prieel grenst aan een met prikkeldraad omheind weilandje waar een stuk of tien koeien en kalveren staan en liggen, een andere zijkant grenst aan een met eenden bezaaide dode arm van de Dordogne, waar langs het water één mooie oude boom staat. Het is prachtig, werkelijk, en Silke stelt voor om hier even uit te rusten.

We gaan in het hoge gras zitten en zeggen allebei niets. We kijken om ons heen; sommige koeien bewegen hun bel, de wind ritselt de maïs en af en toe weergalmt het gekwaak van een eend. Nachtelijk Arcadië.

Deze stilte is heel mooi, en spannend. Ik kijk naar de maan en de sterren en ik hoor dat Silke haar mond opendoet en ademt. Dan strekt zij haar benen en gaat ze liggen. Haar handen houdt ze tussen haar achterhoofd en het gras, en haar rode shirt trekt nog strakker dan het al zat. Ze kijkt naar mij en ik naar haar. Dit is Beatrice, Laura, Dia, Mathilde, Lolita, allemaal en nog veel meer. Het blijft stil tussen ons, ik ga op mijn zij liggen terwijl ik op m'n elleboog steun.

Dan loeit er een koe en het klinkt als een aanmoediging, een sein tot iets, of zo–

Vanuit de verte begint er (eerst nauwelijks hoorbaar, dan steeds sterker) mooie vioolmuziek te klinken; niet te stemmig maar ook zeker niet te vrolijk. In diezelfde verte, boven het maïsveld, blijkt het plotseling lichter dan boven onze lieflijke plek: de zon komt op en het maïsveld, het weiland, de rivierarm worden alle schuchter verlicht door een mozaïek van pasteltinten, lila, goudvlekken en schemerviolet.

De koetjes en kalfjes verzamelen zich bij het prikkeldraad, de eenden met hun kuikens klimmen aan de kant en beginnen uitgelaten om ons heen te rennen. Tientallen eenden komen tezamen en ze wapperen ons lauwzachte wind toe, de kalfjes neuriën mee met de zoete vioolmuziek (net als in die reclame voor DOMO-vla), uit de oude boom vallen de heerlijkste vruchten en een van de koeien frisbeet ons lachend een plankje met wat kaasjes toe. Hé kijk nou, daar ligt een flesje gegist druivesap, en wat aardig, twee kristallen wijnglazen. Morgendauw parelt op de bloemen die de eenden ons één voor één in hun snavels komen brengen (veldrozen, distels, wilde jasmijn, lavendel) en de overweldigendste geuren stromen over het veld.

In slow motion:

Dan knapt het prikkeldraad van het weiland en een schare van dieren verzamelt zich om ons heen; zachtroze spots worden ontstoken; vuurpijlen vliegen in de lucht; een harp en wat blazers vullen de violen aan; herten steken guitig hun kopjes door het maïs, geiten ook, en veldmuizen, cavia's, verwilderde poezen, tamme wolven; mollen graven zich boven; vogels strijken neer; en alle dieren beginnen ons toe te lachen, en te loeien, te kwaken, te miauwen, te piepen, te balken, te mekkeren, te bluppen, te blaffen; en te knipogen, te zwaaien en positieve pootgebaren te maken; de muziek zwelt aan tot het uiterste; de spanning stijgt ten top; en eindelijk, eindelijk, buig ik me naar Silke toe en ik kus haar, teder en zacht.

'Hèhè,' zegt ze.

Langzaam de meest tedere kus denkbaar. Dit hoorde bij het ritueel dat ontstond tijdens de breekdagen, toen we voor het eerst met z'n tweeën in één bed sliepen. We lagen met twintig mensen op onze slaapzaal en op ons na lag iedereen al dan niet dronken te slapen en te snurken. Het ritueel:

We lagen op onze zij naar elkaar toe op één matras, maar we raakten elkaar niet aan. Zeker een paar minuten duurde dat, we zwegen en luisterden, en we bewogen niet. Toen legde jij een arm op mijn zij en een moment later deed ik bij jou hetzelfde. Na weer even gewacht te hebben gingen we langzaam dichter naar elkaar toe liggen, maar nog steeds raakten onze bovenlichamen elkaar niet. Ik voelde je warmte. We schoven nog iets dichter bij elkaar; mijn benen drukten tegen jouw benen en we ademden samen. Wachten. Pauze. Toen kwam mijn bovenlichaam tegen jouw bovenlichaam, jouw borsten tegen mijn borst, jouw buik zuchtend tegen mijn buik. Mijn benen gleden langs de zachtheid van de jouwe en je kuste me.

En daarna drukte je je zo tegen me aan, dat je bijna moest huilen.

Weer kussen we, even, en net als de afgelopen middag en vanavond in de feestzaal schuurt ze met haar nagels heel lichtjes mijn nek. Als we stoppen bevoel ik met mijn vingers de stof van haar strakke T-shirt. In de verte achter het maïsveld schemert het licht, maar bij ons is het nog nacht en schijnt de maan in het water van de rivierarm.

'Wil je niet dat we de camping gaan zoeken?' vraag ik.

'Ah nee,' zegt ze, 'we zijn toch nog niet *uitgerust?*' (Een mooi eufemisme.)

'Mezelf helemaal de tering neuken, met Rocco of Wiedanook.'

Ik vroeg of Reza het lekker vond om dat te zeggen.

Ze pakte een sigaret uit een pakje.

'Ach lekker – het is gewoon de naakte waarheid. Ik weet zo langzamerhand waar ik van hou in het leven. Misschien heeft dat met volwassenheid of zo te maken. Ik hou van neuken. Eerlijk, hè? Als er iets is op deze wereld waar ik van hou, dan is het neuken. Neuken!'

Ze stak de sigaret aan met een I ♡ U-aansteker.

'Als ik denk aan mijn ouders, aan het gymnasium, aan al die vioollessen, aan mw. Doeksen plus iedereen op het instituut, en dan aan het enige waar ik van hou: neuken en geneukt worden. Ik wil op ieder moment van iedere dag dood kunnen gaan met de gedachte: vandaag heb ik het gedaan.'

Daarna zweeg ze een lange tijd.

'Windt het jou op als ik dit zeg?'

Een dotje vaseline op de lens en gefilmd vanuit zo'n simpel 'The Glory Of Love'-perspectief: Silke en ik klimmen naar een dikke tak van de eenzame, imposante boom om de zon te zien opkomen achter de heuvel in de verte en verder uit te rusten. Een idee van Silke. We gaan naast elkaar op de enorme tak zitten, Silke leunt met haar rug tegen de stam van de boom, ze legt haar benen op mijn schoot en ik wrijf langzaam met mijn handen over haar rijwielbroek.

Met zachte, hese stem zingt ze een lullig liefdesliedje.

*'Move closer, move your body to me*
*until we find*
*that we are really making love.'*

Ze zingt grappig en zuiver tegelijk, ik haak in op de melodie en samen zingen we dit liedje en vervolgens een heel repertoire banale aubades. En verdomme, het is bijna niet te beschrijven hoe mooi dit is.

*'How can I just let you walk away,*
*just let you leave without a trace,*
*when I stand here taking every breath of you,*
*ou-ou-ou-ou,*
*you're the only one who really knew me at all.'*

We bezweren elkaar.

*Neun-und-neunzig Luftballons. Have I told you lately that I love you. You're once, twice, three times a lady. Only a fool breakes his own heart. Ein beetsjen verlievd.* (Het grappige probleem is dat we de tekst van de nummers bij lange na niet kennen en meestal een groot deel neuriën:) *'Nana nanana naa nananaaaa, nana nananana naanaa, nana nananana, nana naa nanaaaaaah, hopelessly devoted to you.'*

En mijn probleem is verder dat ik tijdens deze nietszeggende fröbeldeuntjes, het maanlicht en het langzame opkomen van de zon niet alleen overdonderd word door het moment, maar mij tegelijkertijd afvraag: hoe krijg ik in Fräsersnaam deze onverwachte, volmaakt banale schoonheid bevredigend op papier.

Thuis bij Reza, in Apeldoorn. Haar ouders waren een weekend naar Parijs, en haar broer was er ook niet, en wij waren een beetje tipsy want we hadden gedronken van de sherry van Reza's moeder en de rum van Reza's vader. We zaten in de tv-kamer en Reza rende naar de slaapkamer van haar ouders, ze kwam terug met een *Emmanuelle*-film en ze zei: 'Hé, dit is dus mijn favoriete film.' Ik zei ja en nog een keer jaaah, want ik werd nu echt een beetje dronken, en we zagen hoe Sylvia haar hand liet glijden in het zilverblauwe broekje van een vrouw bij haar op een veerboot, en Reza maakte een nieuwe fles rum open en schonk mijn glas bij en Reza werd nu ook echt een beetje dronken, want ze morste cola over mijn broek, en ze wilde het afvegen en ze ging op de grond zitten voor de bank tussen mijn benen en toen kwam ze naast me zitten en we gingen zoenen, ze smaakte naar frambozenkauwgum, en ze zoog aan mijn lippen en ze streelde mijn arm en ik streelde haar arm, we gingen naar de grote chaise-longue in de zijkamer, waar de buren ons niet konden zien, en ik mocht met mijn hand onder haar T-shirt en Reza maakte een zuigzoen in mijn hals en ik voelde haar borstjes onder haar T-shirt en ze zei 'O' en 'Ja' en 'Mmmm' en later gingen we terug naar de tv-kamer, waar Sylvia en haar vriend lagen te vrijen, en Reza vroeg zich af of haar ouders in Parijs nu ook lagen te neuken, dat zei ze heel grof dat *neuken*, en ik zei dat ik niet wist of haar ouders nu aan het neuken! waren en we namen nog wat rum, en Reza riep ook: 'Neuken!' en ik riep: 'Neuken!' en Reza liep naar de gang en schreeuwde écht heel hard: 'NEUKEN!' en toen gingen we door het huis lopen en in iedere kamer neuken zeggen en we zeiden het wel honderd keer en we riepen het naar de honden die er wild van werden ('Ja? Bobo! Neuken? Ja?') en we gingen de honden aanmoedigen maar ze deden het niet want het waren twee mannetjes en ze waren gecastreerd en konden dus niet meer neuken, en in de tuin kwamen we de huishulp van de buurvrouw tegen en we zongen voor haar de Neuken-blues en allemaal Neukschlagers en ik geef je een neukje mijn neukje, en als de lente komt dan neuk ik jou, neuken in Amsterdam, en de huishulp moest alleen maar lachen want ze kwam uit Turkije en verstond geen Neukerlands, en op de kamer van Reza haalden we boeken uit de kast en vervingen we alle werkwoorden door neuken ('Dat kan niet!' neukte Miranda. 'Jawel,' neukte haar moeder droogjes, 'als je van nu af aan al je geld neukt, kun je binnen een paar jaar een paard neuken') en Reza rende naar beneden om een voorlichtingsboek te halen en we bekeken een NVSH-lul en een NVSH-kut en hangtieten en Reza zei dat het zo jammer was dat haar broers kamer op slot was want anders konden we zijn porno gaan zoeken en ze vroeg of ik wel eens porno had gezien en ik zei nee en zij had het wel gezien en in een schrijfbloc gingen we toen neukende mensen tekenen en lullen en een klein mannetje met een enorme stijve en ik tekende een vrouw met haar benen wijd, maar Reza zei dat ik het verkeerd deed en ze tekende een kut zoals een kut er echt uitzag met een plasgat en een neukgat en lippen en een clitoris en ik keek ernaar, naar de kut van Reza en Reza ging met haar vinger over de clitoris van haar kut en deed weer 'O' en 'Ja' en 'Mmmm' en ik dronk nog wat en toen moest ik plotseling overgeven en Reza wees me haar wasbak en ze moest lachen en wilde niet meer zoenen en ze nam heel stoer nog een glas rum en toen moest ze zelf ook overgeven en toen moest ik lachen en moesten we samen lachen en we bleven lachen en toen besloten we dat we maar eens naar bed moesten gaan, want we waren zóó hééét.

Plotseling waren we allebei niet meer zo heel erg dronken. Zij deed het licht op haar kamer uit, en in opmerkelijk contrast met ons stoere gebrul, kleedden we ons in het schemerdonker schielijk uit. Heel snel trok ze haar slip langs haar benen en schoot onder het dekbed: echt langdurig naakt had ik haar niet gezien. Ik drentelde voor haar bed, trok toen ook razendsnel mijn onderbroek uit en dook naast haar. Wat volgde was ons ritueel, tot we ons enorm stevig vastknepen.

'Knijp me fijn,' zei ze, 'knijp me dood.'

Toen ging ze op me zitten. Boos keek ze me aan. Haar knieën legde ze op mijn spierballen: ik kon me niet meer verdedigen. Als straf voor alles wat ik verkeerd had gedaan, zoende ze me. Ik probeerde me te verzetten, maar ze zoende iets wilder. Met haar hand voelde ze aan mijn, ik zoende haar, en zij mijn, en daarna ging ik met mijn op haar, en pakte zij met haar handen mijn, en streelde ik met mijn handen haar hele lichaam en ook d'r, en natuurlijk d'r, en daarna ging ze rechtop zitten, gooide ze het dekbed op de vloer, boog ze zich voorover en zoende ze m'n (en zei ze dat ze wist dat ze een jongen echt leuk vond als ze het niet erg vond om hem daar te zoenen). Ik kamde Reza's haren met m'n handen en ik streelde haar hals, die ik later besproeide, maar dat vond ze helemaal niet erg.

Slechts de stilte van de nanacht, het schemerdonker en de lichte, sensuele geur van aarde, schors en seks. Silke zoent mij zacht in mijn nek met koele, natte lippen en nog meer moeite dan ik heb om haar strakke T-shirt uit haar wielrennersbroek te trekken, heb ik om mijn evenwicht te bewaren en niet uit de boom te storten. Lachend om mijn gestoethaspel trekt ze zelf haar shirt uit, werpt het in het gras en plukt met beide handen aan mijn overhemd.

'Zal ik het van je lijf scheuren?' vraagt ze, maar ze knoopt toch alle knoopjes los en helpt mij het uit te doen. De blouse valt en blijft hangen in een tak.

Ik voel haar borstjes en zij legt haar hand te rusten tussen mijn benen. Ik speel met het elastiek van haar racefietsbroek en kijk haar aan. Ze knijpt heel licht in mijn spijkerbroek. Met twee vingers pakt ze het metalen minipiemeltje van de rits van mijn broek en ze beweegt het op en neer, terwijl ze met haar andere hand de knoop losmaakt. Langzaam trekt ze de rits open.

O reine Übersteigung! Haar vingers kroelen in mijn boxershort, en ik verruil het elastiek van haar renbroek voor het elastiek van haar slip, en iets later voor de stugge zachtheid van haar schaamlief, haar schaampracht, haar schaamglans. Ze neuriet weer, op de tast zoek ik haar episch-centrum en ik gooi de trucendoos open.

Dan laat ik me zakken en ga op een iets lager gelegen tak staan. Een soort Robert Mapplethorpe-standje dit. Ik help Silke met het uittrekken van de rest van haar kleren, ik buig me voorover, zoen haar schaamrand en dans één grote choreografie voor tong en kittelaar.

Silke spint en spant en woelt mijn haar.

En dan komt Silke klaar.

(Reza.)

Terwijl haar ouders in Parijs waren. Terwijl ik keek hoe zij bij zichzelf. Terwijl we spelletjes speelden. Terwijl we vieze woorden fluisterden. Terwijl we moesten lachen. Terwijl The Smiths heel hard stond. Terwijl ze dronken was. Terwijl ze stoned was. Terwijl ze dronken en stoned was. Terwijl ze net wakker was.

Op een wc tijdens college. In een portiek. Op de voor-, en later op de achterbank van een auto. In een tent. Op een verlaten plein.

Nadat ze heel lang gehuild had. Nadat we heftig ruzie hadden gemaakt. Nadat ze haar tentamens had gehaald (en ik niet). Nadat ze met haar nagels schrammen had gemaakt.

Met m'n tong. Met één vinger. Met twee. Drie. Vier. Met al m'n vingers. Met beide handen. Met m'n vuist. M'n pik. Een vibrator. Een douchekop. Fetisjen.

Strelend. Drukkend. Knijpend. Rekkend. Cirkelend.

Teder. Ruw. Hard. Zacht. Snel. Kort. Stil. Lang. Hevig. Tergend. Langzaam. Luidruchtig. Hartstochtelijk. Onverwacht. Uren achtereen.

(Alleen in haar slaap kwam ze klaar.)

'Ik ben nog nooit in een boom klaargekomen,' zegt Silke, 'hoeveel mensen zouden wel eens in een boom zijn klaargekomen? In deze boom vast niemand. Volgens mij ben ik de eerste die in deze boom is klaargekomen.'

Alsof ik Fräser hoor. Silke laat zich zakken naar mijn tak en omhelst me.

'Wat is het Nederlandse woord voor *neuken*?' vraagt ze abrupt en ze neemt me in haar hand.

'Neuken,' zeg ik.

'Nojken?'

'Ja, neuken.'

'Nojken,' proeft ze, 'noj-ken.'

'Nee, meer *neu*ken. Neu.'

'Neuj-ken?'

'Dat is het.'

'Neujken.'

Ze kijkt om zich heen.

'Zou er in deze boom wel eens geneujkt zijn?'

Maar we doen het niet. We doen het gewoon echt niet. We zouden wel willen maar misschien dat zij, misschien dat ik en we hebben geen, we ain't got no, dus we doen het niet. Je weet het namelijk nooit tegenwoordig. En zij wordt arts, dus zij moet weten dat we het niet moeten doen.

Ze staat wijdbeens voor me, haar ene been op een iets hogere tak, en ze beweegt mijn eikel over haar clitoris en fluistert zacht: 'Ik wil het,' maar we doen het niet. We doen het gewoon echt niet. Dan vinger ik haar en hou mijn pik in de palm van mijn vingerhand.

'Ik wil je in me,' zegt ze bezorgd en verongelijkt, ze pakt me beet en kijkt me aan, maar we doen het niet.

'Nee, we doen het niet,' zegt ze, 'we moeten het niet doen. Ik ben vorig jaar een paar weken in Oeganda geweest. Je weet het nooit; we moeten het niet doen.'

Ze haalt mijn pik langs haar schaamwand.

'Een klein stukje, alleen de eikel even. Eén klein ministootje, een korte begroeting,' zegt ze, maar we doen het niet.

'Mensch, het is gevaarlijk,' zegt ze, zeggen we samen, je raakt er van besmet en zo, ziek, dood, we moeten het niet doen, we kennen elkaar niet, zij onlangs in Oeganda, in Duitsland, ik in Nederland, je weet het nooit, je weet het echt helemaal nooit, het zou kunnen, het is het niet waard, het moet leuk blijven, we moeten het niet doen, we moeten het echt niet doen.

Ze manoeuvreert me een heel klein beetje in haar. Daarna probeert ze zich leep op me te drukken, maar ik trek terug.

'Je hebt gelijk, we gaan het niet doen. No neujking. *No neujking.*'

Dan springt ze onverhoeds met een gilletje uit de boom in het mos. Ik ga op de tak zitten en vanaf de grond probeert ze met sprongen mijn lul te grijpen. Ze gaat gestrekt op haar benen staan en als ze me eindelijk beet heeft, trekt ze me uit de boom, in plaats van af.

In de val weet ik gelukkig mijn overhemd te pakken.

'Wie snapt hier ooit wat?' zei Reza, de keer dat we het al uit was tussen ons, en we plechtig besloten hadden het echt nietmeernooitmeer te doen, terwijl we het natuurlijk toch weer eens deden. We vreeën vele variaties op een thema, maar Reza kwam niet klaar (hoewel ik uit schuldgevoel juist erg mijn best had gedaan). Reza was dronken en stoned, en ik zat op haar bed na te denken over alweer een hoogstpersoonlijke maar vooral gedreven roman over mijn schrijverschap. Ze ging voor het raam staan.

'Wie snapt hier ooit wat?' zei ze nog een keer. 'Wie snapt het dat seks de allesoverheersende dwangneurose is. Dat hoe vaker je het doet, hoe meer je het wilt en hoe meer je eraan denkt. Dat er altijd geldt "genaaid en gebonden". Dat een kittelaar niet in een kut zit. Dat vrouwen warmte nodig hebben, en graag gestreeld willen worden, terwijl ik het alleen belangrijk vind dat Rocco met me naar bed gaat als ik bij hem ben. Wie snapt het dat jij en ik, dat het tussen jou en mij.'

Daarna kwam ze weer aan tafel zitten, om met een hobbymesje vellen papier in reepjes te snijden en almaar te herhalen: 'Wie snapt dat, wie snapt hier ooit wat, godverdomme.'

Het daagt in het oosten, het licht overal en wij zijn uitgerust, rapen onze kleren bijeen en kleden ons aan. De camping kan echt niet ver weg zijn; we volgen een pad langs het water en zien al na tien minuten de blauwe tenten van Nadine en Silke bij de ingang van de camping staan. Fräser en Nadine zijn duidelijk hoorbaar in de tent van Nadine aanwezig, maar daar hun conversatie uit louter interjecties bestaat besluiten we ze maar niet te storen.

Silke fluistert: 'Slaap bij mij,' en ik sleep mijn dekbed van onze ton naar haar tent. Met allebei onze toilettassen onder de arm slenteren we naar een op dit uur uitgestorven wastafelwandje in een open veld.

Silke laat een kraan lopen en spettert water in haar gezicht en plukt aan haar haar met een kroeskam, een houten blokje met een stuk of vijftien lange ijzeren staafjes. Ik doe mijn lenzen uit. We poetsen elkaars tanden. Dat is heel erg mooi; elkaars tanden poetsen. Silke houdt mijn borstel vast en ik die van haar. We moeten lachen, terwijl het schuim in onze monden staat. Met het schuim in onze monden zoenen we.

Dan komt Silke voor mij staan, ik omhels haar van achteren en samen kijken we in de enige, nogal verweerde spiegel. Een tijd zien we er heel knap en stoer uit. Heel parisien.

Daarna trekken we 'gekke bekken'. Silke mooi meisje. Silke raar meisje. Silke baldadig, geil en donker meisje. Byronic meisje. Wuft meisje. Pruillip-meisje.

De pathetiek van het in een volks dal op een volkse camping voor een uitgeslagen spiegel gekke bekken trekken.

Aanleiding: verliefdheid.

Omgeving: banaal.

Schoonheid: onverwacht.

Gevoel: geluk.

Als we terug zijn in Silkes tent kruipen we dicht tegen elkaar aan. We luisteren naar Nadine en Fräser en bekijken elkaar in het blauw gefilterde tentlicht.

Uiteindelijk gaan we strelen, gaan we knijpen, gaan we kietelen, gaan we pakken, gaan we likken, gaan we lachen, gaan we beffen, pijpen, zuigen, zoenen, gaan we komen, gaan we deppen, gaan we hijgen, gaan we rillen, gaan we plagen, gaat ze gillen, gaan we zeuren, gaan we blazen – maar gaan we niet met elkaar naar bed. No neujking.

We blijven gewoon heel erg volwassen.

Lekker wakker worden. Ik doe de rits van de benauwde tent een stukje open en staar naar buiten. Op nog geen drie meter van de heilige plek waar Silke en ik een paar uur geleden nog zeiden dat we elkaar eigenlijk maar nooit meer los moesten laten, heeft nu een bakker op een behangerstafel allerhande broodwaren uitgestald voor dikke en schreeuwende campingbewoners. Raar land. Door de spleet zie ik ook Fräser en Nadine zitten (zij tussen zijn gespreide benen en met haar rug naar hem toe); samen eten ze een enorme rozijnenkrakeling.

Silke slaapt nog (argeloos! ongerept! wereldpoëzie!) maar ik maak haar wakker als ik de rits van de tent helemaal opentrek. Ze citeert een klankgedicht en draait zich morrend om.

Ronald groet 's morgens de dingen. Fräser steekt kort zijn hand op, Nadine lacht heel vriendelijk. Ik kruip uit de tent, rek me uit en gelukkig hoor ik achter mij een randdebiel weer eens een *pain-de-stock* bestellen, want anders had niets me ervan weerhouden te verzuchten dat het leven het waard is om geleefd te worden.

Dat is het helemaal niet!

Fräser neemt een duik in de sterke stroming in het stuk rivier voor de camping. Toen de krakeling op was, is Nadine bij Silke in de tent gekropen, terwijl Fräser mij heeft meegemaand voor eenzelfde ochtendmarteling als gisteren.

'We moeten lullen,' klinkt het verkrampt over het water, ik maak mijn polsen maar weer nat en softe zwakkeling die ik ben, spring ik Fräser achterna. Er is een vriend in nood.

'Ronald, het is kut. Ronald, ik ben met haar naar bed geweest.'

Alsof honderdduizend ijskoude nagels langs mijn lichaam zijn getrokken voelt het als ik blijk niet dood te zijn.

'Shit Edgar, had jij condooms dan?' roep ik bezorgd of verontwaardigd, als ik me enigszins hersteld heb.

'Zíj had condooms.'

'O.'

'Kut, Ronald,' zegt Fräser, 'kutkutkut*kut*.'

De stroming drukt ons in een rustiger keerwater.

'Was het kut?' vraag ik bibberend.

'Nee, het was niet kut, helemaal niet: het was groots. Echt. Onmiddellijk nadat we jullie gisteravond dropten en zagen dat jullie in een verkeerde richting liepen, zijn we snel terug naar de camping gelopen. Verdomme, ze was zo opgewonden, de schuchtere Nadine, naïeve lieve Nadine; stille wateren hebben diepe gronden. Jongen, ik heb moeten putten uit bijna het gehele GROTE APPARAAT FANTASTISCHE LIEFDESTECHNIEKEN VAN EDGAR FRÄSER. Ze lag in die tent in het Frans te reutelen, Ronald, te schreeuwen. Op een gegeven moment kwamen de buren op de tent trommelen en vragen of het wat rustiger kon. *Oh Fräser, amène-toi, mec et montre-nous ta queue. Oh Edgar, tu pourras lécher ma chatte. Distends-moi le canal avec ton piston. Je veux le sentir... baise-moi*. Ik dacht daar, in het donker, ik dacht aan wat Humbert Humbert schreef: "Seks is slechts de slavin van de kunst," ik dacht, onthouden wat ze allemaal roept, onthóuden voor als ik het straks thuis allemaal in een verhaal ga persen. Het probleem is echter dat ik nu al weet dat ik geen enkele studente Frans zal durven te vragen om de accentjes even op de goede plaats te zetten. *Oh Fräser, tu peux me baiser comme tu veux, je suis comme une chienne en chaleur. Oh Edgar, tu es un baiseur de fond! Baise ma moule, Edgar. Oui, oui, continue. Mets-la moi à fond, je veux sentir ton manche raide et brûlent*.'

'Als het dan zo leuk was, begrijp ik niet waarom je zo ostentatief "kutkutkut*kut*" roept over de rivier.'

Fräser zwijgt een lange tijd.

'Samarinde. Om Samarinde, wie anders? Ik werd vanochtend wakker, Nadine hield mijn harde *bâton* zacht strelend in haar hand, en er schoot door mijn hoofd: "Ik zeg alleen maar dat ik jou trouw blijf." '

Raar en pijnlijk allerlei grote stenen ontwijkend strompelen we uit het water, we moeten een stuk terug lopen eer we weer op een pad komen.

'Overspel, verdomme, ik heb overspel gepleegd. Ik doe er pathetisch over maar ik vind het werkelijk klote. Zit ik met Nadine een krentenbol te eten, doet ze heel verliefd en teder, vraagt ze of ze naar Nederland mag komen, informeert ze of er in Nederland toevallig nog artsen nodig zijn; denk ik tegelijkertijd alleen maar aan Samarinde. Uitgerekend aan Samarinde. Wat moet ik nou doen? Nadine is leuk, het was een fantastische nacht, maar Samarinde is nummer één, mijn uiteindelijke geliefde. Misschien reageer ik overemo... emo.. overdreven, maar ik kies voor Samarinde.'

'Wat heb je tegen Nadine gezegd?'

'Niets. Dat Nederland geen tropenland is.'

We lopen over de camping.

*'Oh Fräser, ta queue. Mets-la-moi dans la bouche, je veux la lécher et la sucer. Ouahh, le foutre. Gluant. Crèmeux. Excitant. Laisse-moi voir ton foutre, viens, laisse-le couler, jute, pompe, ouahh, quel spectacle...'*

Ze is een *morgenmuffel*, zegt ze en ze jaagt me uit haar tent. Iemand met een ochtendhumeur. Met een nors gezicht komt ze naar buiten en zonder Fräser te groeten loopt ze met haar toilettas naar het wastafelwandje.

'Zo is ze iedere morgen,' zegt Nadine tegen mij.

Nadine en Silke moeten vandaag vijfendertig kilometer kanoën naar de plaats Souillac, want hun tentspullen worden door Safaraid daarnaar toegebracht. Fräser en ik hoeven vandaag slechts twaalf kilometer te varen om bij onze eindbestemming te komen: Saint-Sozy. Onderweg van onze ochtendduik terug naar de tenten hebben Fräser en ik het erover gehad of we een paar dagen eindeloos geluk aan deze kanotocht zullen vastplakken (mijn plan), of dat we in Saint-Sozy de kano de kano laten en stoppen (Fräsers plan). Fräser weet dat nog meer nachten met Nadine nog meer overspel betekent; en één keer is geen keer. Hij vindt het rot voor mij, maar doet een beroep op onze vriendschap. Hij weet het: hij vlucht, maar hij kent zijn zwakheid en wil voor Samarinde kiezen. Hoewel het me bijzonder tegenstaat schik ik in. We laten straks de kano de kano.

Omdat het al bijna middag is, moeten de meisjes vrij vlug weg, want anders halen ze in hun tempo Souillac nooit voor zes uur. Silke is niet meer *morgenmüfflig* en terwijl ze haar spullen bij elkaar raapt, kust ze me een paar keer vlug. Ze wordt driftig als ze haar tent niet in de tentzak krijgt, maar ik mag niet helpen want ze kan het alleen.

Ik wil gelijktijdig met de meisjes vertrekken, misschien nog een uur of wat met ze meevaren, maar op enorm aandringen van Fräser besluiten we toch op deze camping te blijven en het rustig aan te doen. Ik koop laatste broodjes van de bakker; we ontbijten snel; we vertellen Nadine en Silke dat we straks in Saint-Sozy onze kano definitief inleveren en dat we ze zo dadelijk zullen uitzwaaien. Nadine vindt dit helemaal niet leuk en Silke zegt dat we goed op konden schieten met ons vieren.

Het is goddomme afgelopen: we wisselen adressen uit.

We helpen de meisjes met hun tonnen en zwemvesten, en bepakt en bepeddeld staan ze plotseling, zomaar, klaar om te vertrekken. Het onafwendbare einde van een vakantieliefde is een voldongen feit; maar dit gaat wel erg snel. Silke omhelst me en kust me zacht. Nadine doet moeite om niet te huilen en ze begrijpt niet waarom wij niet met hen mee varen. Fräser veinst dat hij luchtigheid veinst, hij maakt wat grappen en zegt dat hij nog vaak aan Nadine zal denken.

Silke zegt tegen mij: 'We hebben een mooie eendaagse liefde gehad; in andere tijden en op andere plaatsen zouden we *lovers* geweest zijn, dat weet ik zeker.'

Ik knik en we kussen voor de laatste maal.
Fräser en Nadine kussen ook. Nadine lacht en snottert.
De meisjes stappen in hun kano en meren af.
Nadine roept dat ze Fräser liefheeft.
Silke wijst lachend naar mij en gebaart hetzelfde.

Fräser en ik blazen handkussen.
Ze varen weg zonder hun zwemvesten aan.

We zwaaien ze na. Fräser legt een hand op mijn schouder. Hij zegt: 'Sorry,' en 'Ik denk aan Samarinde.' Die mij óók lief is en dus knik ik en besluiten we dat we maar uitgebreid gaan ontbijten, met patat en Nederlandse mayonaise, dat we hier en daar een argeloze Fransman in elkaar gaan slaan, om vervolgens rustig naar Saint-Sozy te varen.

We zijn ze kwijt, het is een feit.

Een uur later zitten we weer op de rivier, die vergeleken met gisteren wat rustiger geworden is. Grote Navigator Edgar Fräser vindt dit toch wel jammer. Jong, nutteloos, en tijdelijk uit het veld geslagen maar over het algemeen gelukkig, praten we over liefde en literatuur.

'Ze zei: "Ik hou van je," dat zei ze. We aten samen die krakeling. Ik zei: "Mooie, lieve Nadine, hoe prettig het ook was, voor zo'n ultieme bezegeling is wel wat meer nodig dan één liefdesnacht." Ze zei: "Nee, ik weet het gewoon, ik hou echt van je." Ik zei: "Nadine, don't be the loose end of a one night stand." '

Fräser zucht.

'Kijk, en ik vind haar ook leuk. Maar Samarinde dan. Principieel vind ik dat iedereen het altijd met iedereen zou mogen doen; maar pragmatisch vind ik overspel verdomde moeilijk. Ken je *De voyeur* van Moravia? Daarin vertelt een vrouw aan haar man (met wie ze iedere dag op hoofse, zedige, maar bevredigende wijze de liefde bedrijft), dat ze zich geregeld laat pakken door een andere man, die haar van achter neemt, en haar uitscheldt en bijna wurgt. De woede die ik voelde toen die vrouw dat vertelde.'

'Ik had hetzelfde bij *Kaplan* van Leon de Winter. Die vrouw van die diplomaat die er zo van overtuigd is dat haar man overspel pleegt, dat ze het zichzelf ook toestaat. Als dan blijkt dat ze zich heeft vergist en haar man hondstrouw is geweest, gaat haar overspel gewoon door. Ze luncht in restaurants en gaat later met wildvreemde, piepjonge obers naar bed.'

'Moedeloos word ik daarvan. In een *Viva* zag ik een advertentie van een vrouwenhulpjes-postorderbedrijf. Artikelnummer honderdduizendzoveel: *Gouden kunststof Ben-Wa balletjes. Twee balletjes die je draagt in je vagina en die, als je je beweegt, door kogeltjes in de balletjes, een vibrerend en erotisch effect geven. Balletjes die je gewoon op straat of tijdens je werk kan dragen. Doorsnede per bal: 3.5 cm.*

Attenoie, zeg. Gouden kunststof Ben-Wa balletjes. Later liep ik over de Oude Gracht en verdomd dat ik iedere serveerster, iedere caissière, alle vrouwen ervan verdacht in het geniep gouden kunststof Ben-Wa balletjes te dragen. Maar goed, dit even helemaal terzijde. We hadden het over overspel. Over de bevrediging van geile lusten.'

'Eén keer heb ik heel erg misbruik gemaakt van "overspel". Dat was met Rocco, die ik ontmoette op een gezamenlijk oudjaarsfeest voor het personeel van het Mexicaanse restaurant waar Reza werkte en het Argentijnse restaurant waar ik werkte. De restaurants hadden dezelfde eigenaar en dat bleek ook het enige te zijn dat ze gemeen hadden, want het hele feest lang bleven er twee groepen bestaan, die nauwelijks met elkaar omgingen. Als de Mexicanen dansten, stonden de Argentijnen bij de bar, en vice versa. Het was erg gezellig.

Rocco was een kok van de Mexicaan en Caroliene van de Argentijn wees me erop dat Reza van de Mexicaan "heel de tijd" met hem stond te praten.

"Dat is toch jouw vriendin?" vroeg Caroliene.

Toen het twaalf uur werd – we stonden buiten op het terras te wachten op het vuurwerk van onze baas – zoende Reza Rocco als eerste, maar ze werd boos van jaloezie toen ze van een handlangster hoorde dat ik als eerste Caroliene had gekust. Later bij de toiletten maakte Reza een scène en beet me aangeschoten toe dat nu wel bewezen was dat ik met Caroliene overspel had gepleegd. Ik ging er niet op in.

Weer later kwam Rocco naar me toe. Klein, dik en stinkend naar zweet en guacamole. Hij stelde zich niet voor, maar was wel overvriendelijk. Reza kwam bij ons staan, en

Rocco zei dat ik een hele leuke vriendin had en dat ik maar goed voor haar moest zorgen. Hij wist zeker dat Reza en ik heel gelukkig zouden worden, met kinderen en zo, en kijkend naar Reza wist ík zeker dat zíj verliefde gevoelens voor hém koesterde. Godzijdank dat ze verliefde gevoelens voor hem koesterde, Fräser.

Bang dat Reza zichzelf iets aan zou doen als ik het plompverloren uit zou maken, pr*ee*s ik Rocco, aan het nieuwjaarsmiddag-ontbijt (in ons tweepersoonsbed, samen met Kafka), en ik zei dat ik hem echt heel erg aardig vond. Reza was blij dit te horen en ze vertelde aarzelend en onzeker dat ze "per ongeluk" een keertje met hem had staan zoenen, na afloop van het werk. Per ongeluk staan zoenen. Ik vroeg me af waar ze het lef vandaan haalde, maar ik zei dat dat toch helemaal niet erg was, ja zelfs in een eerlijke relatie mogelijk moest zijn. "Echt?" vroeg Reza. "Echt. Moet kunnen." Reza was blij dat ik zo begrijpend en gespeend van jaloezie reageerde. Een week later vertelde ze "heel eerlijk" dat ze "per ongeluk" met Rocco had gevreeën, wat ik wederom vergoelijkte – en weer een week later dat ze "per ongeluk" met hem naar bed was geweest.

Waarop ik het uitmaakte, natuurlijk.'

'Natuurlijk.'

En het gekke was dat vanaf dat nieuwjaarsontbijt Kafka niets meer wilde eten, en op de dag dat ik het eindelijk uitmaakte, ging hij dood.

Bij leven en welzijn kroop Kafka in mouwen, verstopte zich achter Reza's bank, en ook probeerde hij zich geregeld van het leven te benemen door in elektrische draden te bijten. Als je Kafka uit zijn kooi wilde pakken, was hij lang en smal en spartelde hij hevig; als hij echter in je armen lag, werd hij zacht en dik en bromde hij. Eigenlijk was Kafka verslaafd aan aaien, vooral aan de strelingen van Reza. Soms zei Reza dat ze misschien wel evenveel van Kafka hield als van mij.

Rare cavia. Nadat Reza Rocco had ontmoet en min of meer op mijn aandringen met hem begon te klooien, at Kafka niets meer en liet hij zich zelfs zonder tegen te stribbelen uit z'n kooi tillen. Kafka werd magerder en magerder; een injectie van de dierenarts hielp niets. Kafka zou doodgaan, dat was duidelijk – maar zijn timing was ongelofelijk en ondankbaar vanwege de enorme platitude die zijn dood symboliseerde.

Met het verstijfde keiharde lichaampje van het dode konijn van mijn zusje in gedachten beloofde ik de toch al wanhopige Reza dat ik Kafka's lijkje zou opruimen mocht hij, nee móchte hij Reza, komen te overlijden. En toen hij, op de ochtend dat het uit ging tussen Reza en mij, inderdaad bewegingloos in zijn kooi lag, pakte ik hem met een plastic tas om mijn hand en liet ik hem verdwijnen in een vuilniszak, samen met zijn grind, zijn zaagsel en zijn voer. Reza bleef huilend op haar kamer achter.

Bij het aanrecht in de keuken zocht ik een strookje om de vuilniszak dicht te binden, toen ik uit de zak het zwakke, onregelmatige geritsel van grind hoorde. Waren dat steentjes die door de zwaartekracht bewogen, of waren het de laatste stuiptrekkingen van Kafka, die nog niet helemaal dood was en voor zijn leven vocht? Ik luisterde gespannen naar de zak, en af en toe meende ik een zacht knisperen te horen. Mijn gemoed schoot vol: ik was in tweestrijd. Moest ik de zak openen en Kafka op zijn lange, eenzame tocht naar De Uiteindelijke Streler steunen door hem te koesteren en te wiegen, of moest ik aan zijn lijden een einde maken?

Dat laatste heb ik maar gedaan en goddomme zeg, Reza's zwartgallige melancholie, het aflopen van onze liefde en Reza's snijdende verdriet: uiteindelijk heb ik alles geroerd en woelig, maar met droge ogen gadegeslagen – toen ik echter de vuilniszak met Kafka een aantal maal flink hard tegen het aanrecht stootte, heb ik, heel onvolwassen en onbenoembaar treurig, zeker vijf minuten staan janken.

Enfin, toen ik uiteindelijk vanuit de vuilniszak met Kafka niets meer hoorde ritselen, zette ik de zak op het ondergesneeuwde balkon. Kafka was dood, het was uit tussen Reza en mij, Reza deed waanzinnig hysterisch – en om alle gezeik te ontlopen besloot ik twee weken naar Soest te gaan.

Vlak voordat ik wegging, kwam ik Reza op de gang tegen; ze zag mijn weekendtas en vroeg snotterend en pathetisch of ik haar ging 'verlaten'. Door haar gesnif heen moest ze hier zelf ook om lachen. Ik liep de trap af en ze vroeg iets minder pathetisch of ik haar in de steek liet. Ik deed de voordeur open, terwijl ik alleen maar gemeen naar boven kon roepen: 'Je hebt Rocco toch?'

Waarop Reza me toesnauwde dat ze al wéken met hem naar bed ging, en al máánden met Tino.

'Rotwijven,' zegt Fräser. We peddelen nu rustig over een prachtig stuk Dordogne; rechts varen we langs een stil, donker bos en links langs een steile kalksteenwand waar groepen jongeren aan het 'abseilen' zijn. De term 'abseilen' kende ik niet, maar Fräser legt het me uit. Abseilen is het volkomen nutteloze, met touwen sprongsgewijs afdalen van een helling.

'Je houdt overigens je hart vast als je je voorstelt hoe een eerste de beste Tom van Deel het begrip "abseilen" gebruiken zal als beeldspraak; als metafoor voor het leven of voor liefde, of nog erger, voor het schrijven van poëzie. Maar goed.'

We zwijgen en kijken naar de abseilers. Dan zegt Fräser: 'Het is dat ik zo immens vertwijfeld en wellicht verdrietig ben, want anders zou ik je zeker hebben uitgenodigd om mij te vergezellen bij het beklimmen van deze heuvel en ook een glijsprong te wagen.'

Ik draai me naar Fräser om.

'Godzijdank, Edgar, dan is dat overspel van jou toch nog ergens goed voor geweest.'

DAN:

Het is Fräser die ze ontdekt, in de verte onder een viaduct: Silke en Nadine in hun gele kano. Nadine draagt nog steeds het T-shirt met MORE FUN. Ik rek me uit en kijk enthousiast over het water. Alles is veel voor wie niet veel verwacht. Fräser zegt dat we maar niet lullig moeten doen en gewoon naar ze toe moeten varen. Hij is op het eind niet zo aardig geweest tegen Nadine, vindt hij.

We peddelen snel en komen dichterbij, maar ze zien ons nog niet. Zij varen uiteraard in een ellenlangdradig meisjestempo. Vlak voor het viaduct ligt er aan de linkeroever van de rivier enorm veel kroos in het water, waarin kleine witte waterbloempjes groeien. Ik zeg Fräser de kano in het kroos te manoeuvreren, ik leg m'n peddel in de boot en ik pluk een tiental witte bloemetjes, die nog het meest op madeliefjes lijken. Ik draai me om naar Fräser, die ook een bosje heeft geplukt. Dan varen we uit het kroos met een paar stevige halen, onze boot glijdt pal langs de boot van de meisjes, Nadine slaakt een gilletje, en Silke richt zich verrukt op. Onmiddellijk bieden Fräser en ik ze onze witte minibossen aan. Fräser aan Nadine, ik aan Silke.

'Dan wel geen grote bos bloemen,' zeg Fräser, 'maar in essentie is het een bouquet.'

Glimlachend nemen de meisjes de bloemetjes aan.

Silke legt haar been over de voorsteven van onze boot.

Gevieren varen we verder.

We varen een kwartier samen; Nadine en Fräser praten en lachen, Silke en ik praten en kijken. In de verte zien we een hoge brug en grote gele borden kondigen de Safaraid-camping bij Saint-Sozy aan. Op haar zwemslip na zit Silke naakt in haar boot. Haar zachte, mauve huid.

'Kan jij ook verbranden?' vraag ik, 'ik bedoel kunnen jullie, ik bedoel donkere mensen, kunnen die ook, heeft de zon...'

'Natuurlijk,' zegt ze, 'domme *Weiße*.'

Ze pakt uit het kanovoorondertje een tube zonnebrandcrème en terwijl ze me aan blijft kijken, smeert ze zich langzaam in. Langzaam haar schouders. Langzaam haar hals. Langzaam het plekje tussen haar borsten.

'Zou je m'n rug willen insmeren?' vraagt ze, terwijl ze me de rode tube geeft. Met een scheetje spuit ik wat zonnebrandcrème op de palm van mijn hand, ik draai me opzij en ik strek me voorover naar Silkes gebronsde rug. Gesteld dát de geschiedenis zich herhaalt, herhaalt zij zich altijd anders dan je gedacht had. Ik buig over de kano van de meisjes. Mijn hand leg ik op Silkes rug. Onze kano wankelt. Fräser schrikt.

We slaan niet om.

We slaan toch om.

De rivier is op dit punt breed, het water staat er laag en stroomt snel. De stroming is zo sterk dat Fräser en ik op de bodem geen houvast kunnen vinden, waardoor we worden meegesleurd. Onze grijze tonnen drijven voor ons, Fräser probeert de kano vast te houden maar hij verliest hem. Gelukkig weet hij hem met zijn peddel nog net naar mij te duwen, en hij schreeuwt dat ik hem niet moet laten zinken. 'Zinken?' schiet er door me heen. De meisjes zijn al een stuk verder en bemoeien zich met de tonnen. Eén hebben zij er met hun boot al ingesloten en de tweede drijft op ze af. Fräser weet de kano weer te pakken, samen zitten we in een snelle stroming, waardoor we Nadine en Silke rechts op een paar meter passeren. Nonchalant zwaaien we, terwijl Fräser vragend roept of er misschien iemand zin heeft om over Plato te praten. Bij de hoge brug wordt het even kritiek, maar zodra we die gepasseerd zijn, weten we de kano vlak voor de aanlegplaats van Safaraid in een keerwater te duwen. Rustig zwemmen we naar de jongens van het verhuurbedrijf, die de boot lachend uit het water tillen. Kort daarop komen Silke en Nadine het minihaventje binnengevaren; ze begeleiden onze tonnen zorgvuldig samen met mijn peddel die ze ook uit het water hebben gevist.

Fräser tilt onze beide tonnen aan wal en ik schud de druppels van me af. Silke en Nadine komen naar ons toe, we lachen met z'n vieren, Silke omhelst mij en kust me zacht. Dan gaat ze met haar rug naar me toe staan en zegt droog: 'Maak je het even af?'

Ik kijk naar mijn hand en ik zie dat ik in een rode tube sta te knijpen.

In de schaduw van hoge cypressen zit ik met Silke op het terras van de campingkantine en we kijken over de rivier, terwijl Fräser en Nadine in de kantine de lunch aan het vergaren zijn. Fräser en ik hebben onze kano al ingeleverd, maar de tonnen mogen we houden tot een Safaraid-busje ons om vijf uur vanmiddag terug naar Argentat zal brengen (waar de Suzuki staat). Dit is dan werkelijk het allerlaatste halfuurtje dat ik met Silke delen zal; zij en Nadine moeten straks snel naar Souillac varen.

Silke zegt dat ze 'verkeerde' gedachten heeft. Gedachten over 'ons' en zo, over zij nu stoppen met hun tocht en met ons verder trekken, over de afstand Willich-Utrecht, over ik naar Duitsland komen en zij naar Holland; gedachten die verkeerd zijn (vindt ze) en indruisen tegen alles waar we het gisterenavond op het dorpsfeest over hebben gehad. Dat het mooi geweest is (en dat we niet moeten toegeven aan de drang geluk en mooie momenten te bestendigen).

Ik knik en samen kijken we naar het gefonkel van de zon in de rivier, kano's komen langzaam voorbijgepeddeld, kinderen spelen in een stukje ondiep water en spetteren elkaar toe, achter ons in de kantine staat iemand luidruchtig te flipperen, naast ons vechten musjes om een te groot stuk friet, Silke legt haar donkerzijden benen op mijn schoot, ze houdt haar rechterpols losjes in mijn nek, met haar nagels woelt ze zacht mijn haar, ik buig me voorover, en onze zoen en alles om ons heen is bezoedeld door maar één gedachte: het naderende afscheid.

'Van het bescheiden apparaat der lichamelijkheden is *de kus* ongetwijfeld de liefste en de tederste,' zegt Fräser met een groot dienblad in zijn handen, 'maar nu moeten jullie maar eens ophouden met dat gelebber.'

Hij zet het dienblad op tafel en Nadine stalt onze lunchwaren uit. Vier vijvers koffie, vier glazen cognac, vier crêpes met suiker, vier potâges du jour, een baguette, voor de meisjes een fruitsalade en voor Fräser en mij een 'Croque-Monsieur'. (Ja Fräser, daar lees je nou nooit eens iets over; een Croque-Monsieur is een tostibroodje met ham en Franse kaas.)

Het Laatste Middagmaal. We voeren een luchtig gesprek over de Keujkenhof en over het feit dat Parijs zo langzamerhand echt verpest is door toeristen, totdat ik opmerk dat er toch weinig dingen zo vervelend zijn als een onontkoombaar en definitief afscheid. Silke en Nadine zwijgen.

'Dat begrip "laatste", daar gaat het me om. De laatste gezamelijke dagen van een schoolklas. De laatste dagen van een jaar. De laatste dagen van een relatie. Het laatste nummer van een tijdschrift. De laatste keer dat je iemand ziet. "Dit zal nooit meer hetzelfde zijn, dit komt nooit meer terug." '

Fräser knikt en zingt (in het Nederlands): *'En dat komt nooit meer, dat komt nooit meer, dat komt nooit, nee, nohooit meer terug'*, en we worden allen 'een beetje treurig', of nee, nu eens zonder aanhalingstekens: een beetje treurig. Adressen hebben we al uitgewisseld, we hebben al beloofd elkaar te schrijven, en dus zegt Fräser maar wat lieve dingen tegen Nadine en ik wat lieve dingen tegen Silke, totdat we weer gaan eten (omdat anders de soep koud wordt) en we weer over luchtiger dingen komen te praten.

Over de vloeibare kaas die gutst uit de Croque-Messieur bij voorbeeld, waar Silke ons giechelend op wijst en die zo lijkt op – op zeep uit een handpompje (dat zeg ik); zonnebrandcrème uit een tube (zegt Silke); gesmolten vanille-ijs (Nadine); Franse mayonaise (ik); de drab van ijsklontjes die te lang in de vriezer hebben gelegen (Nadine); sperma (Fräser).

En nadat we zijn uitgeluncht (Fräser heeft tot hilariteit van de meisjes al zijn drie crêpes met suiker in de pôtage du jour gedoopt), moeten de meisjes echt echt gaan. We lopen met ze mee naar het minihaventje, Silke en ik arm in arm, en bij hun kano omhelzen we elkaar stuntelig. Byehye. Byehye. Gebruikelijke zinnen: 'Zul je. Stuur je. Kom je. Je bent zo.' Het gaat allemaal te snel om te beseffen dat we elkaar nooit meer zullen zien. Voorzichtig hun waterbloemetjes ontwijkend, stappen ze in hun boot, maar ze varen nog niet weg. Fräser en ik neuriën *'nooit nee nohooit meer terug'* en het is verdomde jammer dat Vera Lynn al dood is, verzucht Fräser.

Dan zwaaien ze en beginnen ze te peddelen. Na een paar meter draaien ze zich om, wij wuiven ze uit, en het grappige is dat alle kinderen die in het ondiepe haventje aan het spelebaden zijn, onverwachts en uitgelaten met ons meewuiven, alsof het een spelletje is.

Als Nadine en Silke zich dan voor de definitieve maal van ons af hebben gekeerd en langzaam uit het zicht verdwijnen, is het voorbij. Voorbij, o en voorgoed voorbij.

La maladie sans maladie. I'm only sad in a natural way. Wat me rest is een ongeremd, onhoorbaar zuchten. La belle dame sans merci. The loose end of a one night stand. Samen ongelukkig zijn is ook een vorm van geluk. When I stand here taking every breath of you. Als je wist hoe je me ontbrak. Ne me quitte pas. Ik hou van je, kutwijf. Spleen yourself.

Het is half drie. We liggen op een grasveldje voor het terras, naast onze tonnen, te luieren in de zon. Straks brengt een busje ons naar Argentat en de tussenliggende tijd doden we met ons klote voelen. Fräser denkt aan Samarinde en Nadine, aan Silke en Reza denk ik.

O en voorgoed voorbij, Edgar.

Dat Reza me had toegeschreeuwd dat ze me al maanden bedroog, deed me niet zo veel, de vuile vuile rotsnol; dat *haar* zelfmoord *mijn* schuld zou zijn schokte me. Haar mijn. Ik riep: 'Ik bel je wel, ik beloof dat ik je deze week bel,' en snel liep ik het huis uit. In de trein naar Soest begon dat 'haar mijn' te malen. De trein reed langs het oude huis van mw. Van de Bergsman en ik dacht: dáár, de Heilige Plek, waar ik hét misschien wel het meest gedaan heb. Ik zag het wachthokje van het rotstationnetje Overvecht, waar ik zo vaak had gezeten, wachtend op de allerlaatste trein, met een tas vol lege vellen collegedictaat, denkend aan en vervuld van haar. Haar mijn. Ik zag vanuit de trein de boerderij waar de Breekweek was geweest; het stukje bos waar we dachten beschut te staan totdat ze ons plotseling allemaal ontdekten. In Soest deed alles me aan Reza denken. Mijn oude kamer, het zitzakbed, het Baarnse Bos. De radio speelde constant The Smiths en om de tien minuten dacht ik theatraal: stel dat Reza zichzelf nu iets aandoet. Ik dacht aan Jeroen Brouwers en zijn Iris, zijn Aurora. Ik dacht dat ik de rest van mijn leven zou zitten met de gedachte: haar mijn.

Na drie dagen pakte ik de telefoon en draaide ik mijn nummer. Reza klonk 'best wel' monter en het ging 'best wel' goed met haar. Het was twee weken voor haar verjaardag en ze zei dat ze een feestje ging geven. Ze zei dat ze haar allerlaatste geld had uitgegeven aan een heleboel drank en een heleboel zoutjes. Ze had een heleboel mensen uitgenodigd, zei ze snotterend, maar ze was zo bang dat er helemaal niemand zou komen. Helemaal niemand zou komen. Helemaal niemand haar leuk vond.

Toen ze dat zei moest ik persen om niet te janken. Niemand zou komen. Zij de volgende dag weer terug naar Albert Heijn moest met drie nog volle kratten bier. Ik beloofde Reza dat ík zou komen. We hingen na een half uur op, en ik dacht er serieus over om stante pede naar Utrecht te gaan, haar te troosten, te wiegen, zachtjes te zoenen en te beloven dat er natuurlijk mensen zouden komen en dat het natuurlijk gezellig zou zijn en dat alle drank en chips natuurlijk op zouden gaan. Maar ik ging niet want ik dacht aan 'nietmeernooitmeer' en aan Rocco.

Haar verjaardag, twee weken later: ik was erbij. De Grote Boosdoener. De Rotzak. De Schoft. Het was druk op haar feestje, haar minnaars waren er, haar vrienden met wie ze uitging, 'ons groepje', haar vrienden van Alfonso's (aan wie je nog het meest kon zien dat ik stront was) en alle aanverwante paardelullen en randtrutten. Er werd gezopen, met extra kratten bier gesleept, gerookt, gevroten, geblowd, gesnoven en Daniweetwatnogmeer, er ging wijn over de grond, er sneuvelden glazen, er werd een wereldrevolutie beraamd, er werd gezoend en later ongetwijfeld genaaid, maar dát heb ik niet meer meegemaakt. Toen er op een gegeven moment om mij heen zelfs mensen over literatuur begonnen te praten, ben ik maar weggegaan, de Smeerlul, de Oetlap. Terwijl ik het feest kon horen en voelen doorgaan, ging ik in mijn bed liggen en een uur lang lag ik in het donker naar het plafond te staren. Toen ik opstond om naar de wc te gaan, stond Reza op de trap zachtjes te zoenen met een of andere paardelul. Ik liep terug naar m'n kamer, sloot voorzichtig de deur, stapte in bed en moest denken aan de middag in Soest dat ik op de bank bijna een potje had zitten janken. Ik was blij, echt blij dat er zoveel mensen waren geweest, blij dat ze haar niet waren vergeten, blij dat alle drank en chips op zouden gaan, blij dat het echt gezellig was geweest. En ik was blij dat ik haar had zien staan zoenen, blij dat ik me in slaap kon sussen met de gedachte: Ze vrijt met een ander, ze zal zich voor mij niet meer verwonden.

Drie uur. Fräser slaapt.

Reza, Reza Correza, Rezaknuffelmeisje, Rezatroetelbeest. Wij waren jong en leuk en mooi – en grappiglief was het, vrolijkfijn, prettigprettig. Ik sprak verhaaltjes in op een cassettebandje over aapjes op een onbewoond eiland van kussens, en jij legde stiekem boeken onder mijn dekbed. Ik schreef je:

'(...) Fuck, en eigenlijk zou ik goddomme in plaats van hier een beetje rondjes te lopen en me een stuk in de kraag te zitten zuipen een boek moeten schrijven (*nee* een trilogie, *nee* een oeuvre) over jou en over mij en over onze so called liefde, of *nee*, nog beter, ik huur een taxi en rijd naar Apeldoorn en zing (*nee* schreeuw) de allermooiste liederen van liefde, vriendschap en wanhoop, of *nee*, nog beter, ik kóóp het stadion Galgewaard en laat je met een limousine (*nee* een helikopter, *nee* een zeppelin in de vorm van een liefdeshart) ophalen en brengen naar een erepodium op het midden van het veld, waar ik, toegejuicht door alle lagere scholen van de provincie Utrecht, voor je zal nederknielen, je dankend: dat ik je ken, je aanbiedend: my ever lasting love, mijn eeuwigdurende allertoegenegendste liefde – en daarna zal je je, een lichtelijk vertwijfeld (en met een gezond spoor van afkeer), beheerst en teder naast mij vleien, om ons vervolgens over te geven aan het meest lubrieke passiespel ooit. Proost! (...)'

Half vier. Fräser wordt zuchtend wakker. Voor het eerst sinds onze dagen in Frankrijk komen er wat wolken voor de zon, die omrand door de cypressen langs de lucht bewegen. Fräser haalt uit de ton zijn T-shirt met *Con tú la vida es sin completamente* en zijn bloc. Hij zit met zijn pen een tijd lang vlak bij het papier, maar doet er niets mee.

'Sinds ik mijn writersblock heb, heb ik bijna nooit meer een inval,' zegt hij en deze zin schrijft hij op. Dan begint hij wild te schrijven en te schrappen, sorteert na een paar minuten zijn velletjes, schudt ze, schraapt zijn keel en zwijgt even.

'Het volgende gedicht schreef ik in een tijd dat het nogal

slecht met me ging. Ik heb het opgedragen aan mijn moeder. Uch.

*Liefde is niets meer dan je te legen.*
*En dan: wat is liefde nog in dit land?*
*Iets dat onwelvoeglijk riekt naar natte krant:*
*Een venusheuvel met een kittelaar ertegen.'*

Hij verpropt de velletjes en werpt ze in de ton.

'Vroeger, toen ik nog literatuur-theoreticus was (jááren geleden), heb ik me wel eens heel onbevangen afgevraagd: een steeds terugkerend thema in het werk van alle schrijvers is het gebruik van *woorden*. Wat bedoelen ze daarmee? Wat proberen ze ons duidelijk te maken? Maar goed, toen werd ik dichter en kon ik alleen nog maar aan neuken denken (rotwoord, hè, *neuken*, net als *kut* overigens, een woord als een koolzuurboer); toen echter de meisjes "ja" begonnen te zeggen in plaats van "nee", ben ik als dichter definitief verloren gegaan. Waarom zou je nog poëzie schrijven als je in bed al je gedichten *live* kunt meemaken?'

Fräser steekt een sigaar op en biedt mij er ook een aan.

'P..p..p..poëzie. Ik begrijp overigens überhaupt niet wat poëzie nu met literatuur te maken heeft. Verven, beeldhakken, gebouwen maken en beroerde instrumenten hebben toch ook niets met literatuur van doen. Waarom poëzie dan wel? Een micro-organismetje; een wereldje in zichzelf; de kunst van het zoveel mogelijk weglaten; met zo weinig mogelijk woorden zo veel mogelijk zeggen. Jaja. Wat is poëzie meer dan af en toe een regeltje dat lekker bekt?

Dat serieuze, kinderachtige, opgeblazen gedoe altijd. In het Letterkundig Museum heb ik eens een man gezien die zich boog over een vitrine van Du Perron, je kent hem, Jaap du Perron (die stationschef uit de Bremstraat). Er lag in die vitrine een gedicht van W.C. Kloot-van Neukema, dat ik schaterlachend gelezen had. De man las het gedicht en vertrok geen spier, ik zweer het, geen spier. En ik wist meteen: ah, een wetenschapper.

Saaie mensen, wetenschappers. Hebben zich het recht

toegeëigend om zich met literatuur bezig te houden, en dus vergelijken ze drukken en ongepubliceerde fragmenten tot ze scheel zien, tellen ze liefdevol woorden en letters, onderzoeken ze onversaagd of gele boeken beter verkopen dan rode, en lezen ze overal onbedoelde dingen en verbanden die er niet staan. En de trouwe belastingbetaler maar betalen. Waarom wetenschappers zich in godsnaam met literatuur bezighouden, is ieder weldenkend mens een raadsel. Waarom niet met korfbal, breien of ander nutteloos tijdverdrijf? De Faculteit der Gebreide Stoffen. Lekker: steken tellen. Onderzoeken of kwijlende bejaarden beter breien dan bejaarden die zichzelf onderschijten.

God behoede ons ervoor dat we ooit wetenschappers zullen worden, Ronald. God behoede ons ervoor dat we ooit *serieus* zullen worden.'

Fräser gaat op zijn buik liggen.

'Multatuli, je kent hem, Hans Multatuli (die kruier uit de Tweede van Boekhovenlaan), merkte het bereids op in zijn *Ideën*: "Er bestaat zo iets als onschuldig schryven."

En zo is het.

Onschuldig schrijven. Jongetjes. Klootzakken die er zich allemaal niets van aantrekken. Heldendaden. Luiheid. Zelfingenomenheid. Harlem Globe Trotters. Lachen om poep en pies. Om kut en lul en neuken. Geramde onbevangenheid. Ongedwongen misantropie. Getergde opgewektheid. Masturbááátsio. Naar de snackbar. Pielen en kutten. Leukschrijverij. *Vrolijke* literatuur, mijn credo, vrolijke lite... begint het godverdomme te regenen. Ook dat nog.'

Inderdaad vallen er rustig wat warme druppels uit de lucht. Fräser gooit zijn blocnote in de ton en citeert plechtig J.C. Bloem: *'Altijd november, altijd regen, altijd dit lege hart, altijd.'*

Hij draait het deksel op de ton en mompelt: 'Wat een gelul, het is helemaal geen november. *Altijd juli, altijd regen, altijd dit lege hart, altijd.'*

En daarna: 'God, wat is het toch heerlijk te zijn zoals wij; jong, knap, bedroefd en totaal verliteratuurd.'

De bui trekt gelukkig voorbij en we laten ons drogen in de warme vooravondzon. Om vijf uur worden we in een achenebbische Volkswagenbus terug naar Argentat gebracht. De bestuurder (een Franse jongen van een jaar of twaalf) rijdt als een gewetenloze, onberekenbare gek die op de snelweg 30 gaat, op de linkerbaanhelft natuurlijk, en in haarspeldbochten met 180 tienton-trucks probeert in te halen. Fräser geniet.

Terug op de camping slenteren we met onze spullen naar de Suzuki, die drie dagen op open terrein in de felle zon heeft gestaan. Hoe ruikt een auto die drie dagen op open terrein in de felle zon heeft gestaan?

Die ruikt heel, heel erg vies. Bedankt, Fräser.

'Ja, ik hoopte dat we onderweg met de kano ergens zouden verongelukken,' verklaart hij verongelijkt – en alsof God dan toch bestaat, begint het verkoelend te regenen.

Wat doen we? Hier op deze camping blijven of een andere zoeken en *in de regen* de tent opzetten, is natuurlijk onmenselijk. We zouden een hotel kunnen opzoeken maar we zouden ook naar huis kunnen rijden. Met als mogelijke tussenstop: Parijs.

'Laten we teruggaan naar de beschaafde wereld,' zegt Fräser, 'terug naar Samarinde.'

Ik knik, terwijl ik me verkleed. Het is mooi geweest. Dorrrdogne, ici nous partons (2x). We besluiten langs de rivier naar Bordeaux te rijden en daar de E05 naar Parijs te nemen, zoals we ook gekomen zijn. Het regent zachtjes als we wegrijden. Fräser en ik kijken naar de Dordogne. Het is zes uur, de kano's moeten van het water.

Op een bord langs de weg wordt Souillac aangekondigd: 18 km. We staan stil vlak voor het plaatsje Martel, op de parkeerplaats van een lullig, gesloten cafeetje waar Fräser hoopte wat snoep te kunnen kopen. Ik leun tegen de motorkap van de Suzuki, Fräser loopt rondjes. Goddomme, die dikke is de VISA-kaart van zijn moeder kwijt. We hebben alles doorzocht, maar het kloteding is onvindbaar. Het weinige Franse geld dat we hebben moeten we uitgeven aan benzine, tol of avondeten.

'En ik wil wél vreten,' zegt Fräser. Hij vouwt de kaart van Frankrijk open boven de motorkap.

'Als we over de binnenwegen gaan in plaats van over de snelweg, sparen we tol uit, en als we niet al te duur ergens eten houden we nog genoeg over voor één keer tanken.'

'Over de binnenwegen...' zeg ik.

'Ach man, stel je niet aan. Eitje van een cent. Hartstikke rustig op die binnenwegen 's nachts. Wie rijdt er 's nachts nou over pikdonkere, slecht geasfalteerde, brokkelige rotwegen met om de tien meter een scherpe haarspeldbocht? Niemand toch, nou dan. Stukje cake, echt, gewoon een beetje opletten dat we niet een verkeerde afslag nemen,' zegt hij en hij tuurt naar de kaart. 'We moeten zo dadelijk afslaan naar Brive, want om helemaal door te rijden naar Bordeaux is natuurlijk onzin. Via Brive binnendoor naar Limoges en dan zien we wel.'

We stappen weer in de auto. Midden in het plaatje Martel staan borden met richtingaanwijzingen. Het bord *Souillac* wijst naar links langs de Dordogne, het bord *Brive* naar rechts de onherbergzame binnenlanden in. Fräser sorteert rechts voor. Fräser slaat rechtsaf. Het bord *Souillac* verdwijnt in de verte. Nooit meer Souillac. Echt nooit meer Souillac.

In de auto draait Fräser een acid-bandje van zijn broertjes. Monotone synthetische klanken dreunen door de kleine Suzuki; een uiterst eenvoudig, onbeduidend nummer, waar tussentijds het aantal beats per minute pathetisch afneemt om een zangeresje in een studio een orgasme te laten faken. Precies wat ik op dit ogenblik nodig heb.

We stoppen na drie kwartier rijden bij een klein maar statig eethuis dat een hotel blijkt te zijn. Aan de muren hangen bordeauxrode gobelins en aan de toog in een hoek staan wat mensen. In de aparte eetzaal zit niemand. De waardin gebaart dat we plaats mogen nemen en een jong meisje brengt ons de kaart. Fräser heeft uitgerekend dat we 75 franc mogen spenderen en dit betekent dat we onszelf slechts kunnen trakteren op het dagmenu van 30 franc.

'O, maar dat ziet er goed uit,' vindt Fräser.

Het meisje brengt ons eerst een bouillon met stukjes asperges, die erg lekker smaakt. So far so good. Na de soep komt ze met de bijgerechten (gegratineerde tomaten, een salade met eendelever, en gebakken aardappeltjes; lekkerlekker) en de hoofdschotel. O, maar dat ziet er goed uit. Op de kaart heet dit gerecht: Andouillette aux fines herbes. Klinkt dat als ambrozijn of niet? Andouillette aux fines herbes.

Naar gemalen drol met tuinkruiden ruikt het. En als een doorzichtig condoom gevuld met diarree ziet het eruit. Een worstje, het is een worstje! Ik wil een hap nemen van dit worstje, maar de stank doet me kokhalzen. Het is geddemme gemalen pens, dit worstje. Fräser stopt een stukje in zijn mond en kreunt van afschuw. Uit de aanliggende gelagkamer horen we de mannen bulderen.

'Wat krijgen we op onze droevige martelgang naar de dood toch een hoop te verduren,' zegt Fräser met volle mond. Na lang aarzelen slikt hij het stukje andouillette aux fines herbes toch maar door.

Ook mijn andouillette is niet onbeproefd gebleven. Om het serverende meisje niet in verlegenheid te brengen, heb ik de helft van het drolletje opgegeten. Na het toetje rekent Fräser af en de vijf franc wisselgeld geeft het meisje mij terug als ik in de hal van het hotel het toilet zoek.

In plaats van in het toilet stap ik in het telefoonkamertje. Het vijffranc-stuk houd ik in mijn vuist geknepen. *Dani bellen* schiet er door me heen. Maar ik weet: dat lukt toch niet, Nederland is onbereikbaar. Achteloos laat ik het muntstuk in het toestel vallen en ik draai het nummer. Onmiddellijk gaat de telefoon over – ik denk aan een vergissing – maar Dani, mijn vriend mijn maecenas, neemt de telefoon op en zegt zijn naam.

'Dani!' roep ik, 'eindelijk! Met Ronald. Ik zit in Frankrijk. Is Kleine Ronald al geboren?'

'Vanochtend vroeg! Het is een meisje! Ze heet Laura, ze is 50 centimeter lang en weegt 3400 gram,' roept Dani, 'alles ging goed. Bolle slaapt nu.' Ik juich en feliciteer. Dani heeft het over het mooiste moment van zijn leven.

'Ik moet je nog iets zeggen...' zegt Dani.

'Snel dan,' zeg ik, 'want ik heb maar één vijffranc-stuk in het toestel gedaan.'

Dani begint te vertellen en ik luister maar half omdat ik verrukt ben over Laura.

'Wát zeg je?' roep ik.

Dani begint opnieuw, maar dan klinkt plotseling de klote-tuuttoon van het toestel, en Dani valt weg.

'Godverdomme!'

Ik loop de eetzaal in en vraag of Fräser nog munten heeft.

'Ah Ronald, we hebben nu echt alles nodig voor benzine...'

'Wat kan mij die *schijt*benzine schelen, ik heb munten nodig!' bijt ik hem toe.

Fräser schrikt van mijn uitval en geeft mij zijn portemonnee. Ik ren terug naar de telefoonkamer en draai Dani's nummer nogmaals. Geen verbinding. Ik gebruik een andere munt en probeer het nog eens. Geen verbinding. Ik sla op het toestel en draai, rustig!, op-nieuw een keer-tje Da-ni's num-mer. Geen verbinding. Dit rotland. Dit achtergebleven, onbeschaafde, vergane-glorieland. Fräser doet de deur van het telefoonkamertje open. Ik probeer voor de vierde keer Dani aan de lijn te krijgen. Het lukt niet.

'Wat is er aan de hand?' vraagt Fräser.

'Ik heb net Dani aan de lijn gehad.'

'En?'

'Er is iets met Reza gebeurd.'

Ik staak mijn pogingen Dani nog een keer te bereiken. Fräser klopt me op mijn schouder. Er is iets met Reza gebeurd. Door de lauwe regen lopen we naar de Suzuki. Fräser zegt dat we maar zo snel mogelijk naar Nederland moeten rijden, hij biedt aan om in mijn plaats te rijden, maar ik wimpel dat af. We stappen in, de motor start ik nog niet. Er is iets *gebeurd*.

Op een nacht in de weken voordat Reza naar Israël zou vertrekken, werd ik gewekt door gegil in huis. Ik dacht eerst aan Lady Paardelach, maar Reza kwam mijn kamer binnengestormd. Ik overzag de situatie en riep tegen Constantin, die na Reza mijn kamer binnenrende, dat hij een dokter moest bellen.

'Wat is er gebeurd?' vroeg ik, en met een sok probeerde ik de enorme jaap in haar bovenarm af te binden. Reza zei dat ze misselijk was en ze jammerde. Constantin kwam snel terug en zei dat ze naar het ziekenhuis toe moest. Hij had al een ambulance besteld, die snel kwam en Reza schoorvoetend meenam.

'Een ritje van *f* 475...' flirtte de broeder met Constantin.

Een paar uur later kwam Reza met de eerste bus weer thuis. Beteuterd, héél erg boos op Rocco, en ze zei ook dat 'een snijwond afbinden met een sok' toch wel het domste en lachwekkendste was dat ze in tijden gezien had.

'Reza,' zeg ik langzaam (regen druppelt over de voorruit, auto's razen voorbij), 'maakte sneeën in zichzelf. Sneeën met mesjes. Ze was een automutilant. Als iets haar tegenzat, of als ze zichzelf lelijk vond en haar borstjes te klein, of als iemand rot tegen haar had gedaan, of als het wéér niet was gelukt haar orgasme uit haar dromen te krijgen, of als ze echt dacht dat ik overspel had gepleegd, dan pakte ze – zodra ze alleen was – een mesje en maakte een snee in haar lichaam. Het gebeurde niet vaak; ze wilde het niet, maar soms deed ze het toch.'

Fräser zegt: 'Attenoie.'

'We hadden een keer ruzie op een feestje bij Constantin, Reza en ik kibbelden over literatuur. Ik beweerde dat voor een échte schrijver zijn werk belangrijker was dan zijn leven, en Reza concludeerde daaruit dat ik genoeg van haar had. Zo was Reza. Reza wist altijd wat anderen vonden en dachten. Ik ben op dat feest boos weggelopen om nog de laatste trein naar Soest te halen, in plaats van stiekem bij Reza te blijven slapen. De volgende dag, toen ik haar weer opzocht om het goed te maken en zo, had ze op haar beide armen op ongeveer dezelfde plek een pleister. Ha, ik vond dit nogal toevallig en vroeg Reza geanimeerd hoe dat kon. Ze reageerde achterdochtig op mijn vraag en na een lange, onverwachte scène wist ik het uit haar te trekken: ze had zichzelf verwond.'

'Sneeën maken in jezelf: het is toch niet voor te stellen dat iemand dat doet? Als ik boos ben maak ik iets kapot, of verscheur ik een boek, of vloek ik of tier ik; maar een snee in je lichaam maken? Goddomme, Fräser.

Ik ben lief en begrijpend geweest; ik heb er luchtig over gedaan; ik heb er artikelen over gelezen; ik heb gedreigd dat ik het uit zou maken als ze dat nog vaker deed; ik heb gedreigd het haar ouders te vertellen; ik heb uren en uren op haar ingepraat; ik ben boos geworden; ik heb gesmeekt dat ze naar haar huisarts zou gaan; ik heb haar mesjes ingenomen; ik heb haar wonden verzorgd; ik heb haar de verhalen verteld van mijn oom (nachthoofd van een ziekenhuis), over "vaste klanten", over jonge meisjes die geregeld komen met zelfverwondingen, over het meisje dat zoveel littekens had dat de arts haar geen verdoving kon geven omdat er op haar armen en benen geen plek meer vrij was om de naald in te zetten; ik heb haar gezegd dat als mijn oom die verhalen vertelde ik aan háár moest denken – maar het hielp allemaal niets, want ze bleef zich om de zoveel weken pijn doen. Na maanden en maanden van problemen en scènes dacht ik: ik wil hiervan af. Maar ik dacht ook: straks pleegt ze zelfmoord. Ze is ertoe in staat.

En toen het eindelijk uit was en ze geen zelfmoord had gepleegd, was ik enorm opgelucht. Ik zag haar met een ander vrijen en ik dacht dat het voorbij was, jongen.'

Ik weet niet meer wat voor een dag het was (het was een paar dagen na haar verjaardagsfeest), ik weet niet meer wat ik gedaan had die dag en hoe laat ik daarvan terugkwam, ik weet niet meer of het regende of dat de zon scheen, ik weet niet meer welke schrijver ik *goed* en *God* vond in die tijd en ik weet niet meer of ik werkte aan een verhaal of aan een zoveelste roman – ik weet alleen nog dat ik mijn kamerdeur opende, in m'n kamer keek en dacht: verschrikkelijk.

Overal bloed.

Het onbenoembaar treurige moment van in je deuropening staan en stilzwijgend kijken van de ene geronnen bloedplek naar de andere. M'n dekbed. M'n hoeslaken. M'n kussensloop. M'n witte kleed. Giro-afschriften. Boeken. Schrijfpapier.

Besmeurd. Beklad. Bespat.

De langstdurende seconden van m'n leven. ('Wat ging er door je heen?' – 'Bloed.') Ik begon sneller te ademen. De bloeddruppel die de emmer deed overlopen. Woede en ongeloof. Ik ben naar Reza's kamer gestampt, ik heb niet geklopt maar woest haar deur opengegooid. Ze was er niet. Op tafel lagen twee hobbymesjes van Albert Heijn, één nog in de verpakking (ad *f* 3,95) en één met een zwarte rand. Ik ben weer terug naar m'n kamer gelopen en gaan liggen in mijn bezoedelde bed.

Ik dacht: verdomme, ik heb niet lichtzinnig liefgehad en

ik ben trouw geweest. Als we liefdesspelletjes speelden was zij altijd *de aanvoerder*. Als ze verdrietig was heb ik haar getroost en ik heb haar zachtjes gezoend als het haar tegenzat. Ik heb haar onderdak gegeven en de grootste kamer in het huis gegund. Ik heb het gepikt dat ze me voortdurend van overspel verdacht. Ik heb altijd haar wattenstokjes opgeruimd. Eigenlijk ben ik heel lief geweest en eigenlijk leefden we als jonge goden. We zijn elkaar kwijt. Maar wie snapt dat? Wie snapt hier ooit wat godverdomme?

Ik start de motor. Fräser houdt opmerkelijk lang zijn kop en trekt een dekbed over zich heen. Ik zet de ruitewissers aan en keer de weg op. Fräser is onder de indruk, zegt ie. Hij roept een paar dingen over Samarinde. Fuck zeg, hij gebruikt de rijmwoorden 'voor haar kiezen' en 'niet verliezen'. Met klem vraagt hij of hij wakker moet blijven of dat hij beter kan gaan slapen om mij straks af te lossen.

'Ga maar slapen, Edgar.'

Hij knikt en zet het cassettebandje iets zachter. Ik hoef alleen maar *Brive* aan te houden, en daarna *Limoges*. Ik mag hem wakker maken wanneer ik wil.

Hij zegt: 'Welterusten.'

Goed dan, ik rijd. Vreemde autorit. Het schemert, de wegen zijn niet verlicht, er staan soms geen strepen op het wegdek en nu het niet meer regent, mist het. Ik luister naar de monotone acid-muziek en het onophoudelijke ronken van de motor. De onophoudelijke acid en het monotone ronken. De ronkende acid en de monotone muziek van de motor.

*Er is iets gebeurd*... grapje... Er is iets gebeurd... In andere tijden en op andere plaatsen. Flits. In het donker haar ogen. Alleen nog maar leuk zijn tussen ons. Da stieg ein Baum. Het wij-mogen-elkaar-aanraken-stadium. Gods wateren over Gods akkers. Na ons de zondvloed. Liefde en geluk is samen seks. Talk dirty latin to me please. Bin ich ein guter Lover? Mijn ademende lul. Pielen en kutten. Schrijf dáár dan een roman over. Ik kan tenminste nog over Reza schrijven. Je een beetje rot voelen. De wereld één grote Bouquetreeks. Onbezorgd stoepranden. *De Kus* van Klimt. Haar bijna jongensborst, haar haar van goud. Eén grote symbiose (moeilijk woord, Ronald). Frä-ser neu-ken, Frä-ser neu-ken! Een hogere liefdeskaste. Parisiens. Nachtelijk Arcadië. Het Letterkundig Museum. Haar lievelingsspelletje. Die hele godvergeten poëzie. Onfatsoenlijke trouw. Het klaarkomen van het zangeresje op het acid-bandje. Een eitje van een cent. Additioneel, vrolijk, onschuldig. We slaan om. Ronald wil in Monique van de Ven spelen. Speed, LSD, dope, cocaïne, morfine, codeïne ('een soort morfine'), XTC en heroïne. Haar, Ronald, vind je *haar* nu leuk? Eenmaal een negerin altijd een negerin. Condoom-oorbellen. Korfbal is oorlog. Copulare necesse est, vivere non est. Voorzichtigheid bij het inhalen van een tienton-truck voor me. Oude koeien uit een dode zee vervelende herinneringen. Efemere liefde. Brothers in blue. Carpe diem. Al die sneeën en scènes. De grenzeloze ingekaktheid. To all the girls we've loved before. Zachtjes zoenen in een HEMA. De hoogste vorm van kunst. MORE FUN. Ik blijf jou trouw. Addicted to love. Kafka. Gewoon even teder gezoend. Unbeschreiblich weiblich. Perfecte tepels. Jameson en Amaretto. Mezelf helemaal de tering neuken. Louter just and only for the goddamned fuckin' fun of it. Danaë. Ook haar opa pijpen. The loose end of a one night stand. Zullen we over Plato praten? Een niet aflatend verlangen. A kindergarten called s.e.x. Knijp me fijn, knijp me dood. De liefderatuur. Ladies with an attitude. Twee parels in deze door arbeiders verpeste wereld. Honderdachtendertig spieren. Door liefde en verliefdheid geïnspireerde heldendaden. De loodzware kus van de liefde. Samen tanden poetsen. Seksliefde. Ik word altijd meteen zo ordinair. Het GROTE APPARAAT FANTASTISCHE LIEFDESTECHNIEKEN. Het Laatste Middagmaal. Moedwil of misverstand? Dat komt nooit meer terug neuer Anfang, Wink und Wandlung echte grote onbaatzuchtige liefde kiezennietverliezen grote opofferingen con tú la vida es sin completamente when I drive here taking every breath of you-ou-ou-ou?

Ik weet het goed gemaakt met Fräser.
Ik zal hem eens 'n groots en meeslepend poepje laten ruiken.
Ik draai de Suzuki een vluchtstrook op en keer om.

Zoektocht naar de allermooiste negerin van de hele wereld!

Fräser merkt niets van mijn ommekeer en slaapt argeloos verder. Grote, dikke, trouwe strijder. Ik vrees dat hij Samarinde zijn eeuwige liefde en zijn ontrouw maar iets later zal moeten verklaren; maar hij zal het begrijpen. Of niet, het zal me andouillette zijn. Ieder dorp waar we doorheen stuiven brengt me dichterbij, daar gaat het om. Flits. *Nespouls*. Nog 18 kilometer. Souillac, ici nous arrivons (IX)...

Opeens moet ik diep op de rem trappen voor een vreemde, niet te taxeren slinger in de weg. Hemeltergendemaria! Ik gier door de bocht en verlamd houd ik het stuur vast. We zijn al vierentwintig maar te jong om in Frankrijk van de weg te raken. Fräser richt zich op, vraagt waar we zijn, draait zich om en slaapt verder. Ik kijk niet achterom en stuif geschrokken voort.

Reza. Toen jij voor het eerst met je ouders' auto in je eentje van Soest naar Apeldoorn zou rijden, zei je door het geopende autoraampje: 'Je zal zien dat ik verongeluk.' Ik zei: 'Doe dat maar niet. Ik wil dat jij de hoofdrol speelt in de verfilming van het boek dat ik over jou aan het schrijven ben.' Je glimlachte verliefd, we tongzoenden ongemakkelijk, je reed weg en verongelukte niet. Het boek dat ik schreef heette toen nog *het boek ik ook van jou*, en dit was een van de vele dingen die onbeschreven bleven.

Net als de keer dat. Het moment dat we. Het gevoel toen jij. De dag van onze. De foto's die. Hoe we samen. Wat een paardelul ik. Wat een randtrut jij. Het wurgende besef van. De fietstocht naar. Jouw zelfgemaakte ijs dat niet. Spijt over. Het besluit dat. Jouw pogingen Constantin. Hoe toen en toen we dit en dat. En ten slotte alle andere dingen die onbeschreven zullen blijven, Rezaknuffelreza. Rezabloedmooimeisje.

Ik snap het óók niet dat jij en ik, jij en ik, dat het tussen jou en mij.

Ik kom in de buurt van Souillac en zie op een bord een aankondiging van de Safaraid-camping. Beet! Gotcha! Hab' dich! De camping ligt een paar honderd meter verderop, vlak voor het dorp, en ik rijd triomfantelijk de donkere grindlaan op. Bij de receptie zet ik de wagen stil en stap ik uit. Fräser slaapt nog en ik laat hem slapen. Morgen zal ik mij voor alles verontschuldigen.

De receptie blijkt verlaten en dus ga ik op het campingterrein zoeken naar haar tent. Het veld is voornamelijk bezaaid met caravans en bij sommige zitten groepen mensen te drinken en te kaarten. Ik heb geen tijd om erop neer te kijken en zoek verder. Langs het water zie ik een paar tentjes en ik ren erheen. Ja! Bij een boom staan twee tentjes apart, en dat zijn ze, de tenten van Silke en Nadine. Ik ren door.

Een paar meter voor de boom houd ik mijn pas in. *De Grote Pathetiek. De Grote Gevoelens. Die Heerlijke Daadkracht.* Ik loop rustig naar de tenten, maar als ik er ben zakt de moed mij in de schoenen. In beide tenten wordt duidelijk, in beide tenten wordt duidelijk, wordt godverdomme duidelijk gekreund, gesekst, geneukt, *allemaal vieze dingen gedaan*. Ligt ze goddomme een paar uur nadat ze met mij op mooie, lieve, intens vrolijke wijze de liefde nét niet heeft bedreven, al met een ander te vozen. *Tegenslag kunnen incasseren*. Ik trek godsamme de klotetent omver, en ga de jongen te lijf, en daarna...

Uit een van de tenten stapt een meisje; het is niet Silke en ook niet Nadine. *In wezen is ieder mens een beetje bi*. Het meisje kijkt naar mij en roept in het Italiaans iets tegen ene Antonio. Antonio steekt zijn hoofd naar buiten en begint te blaffen. Uit de andere tent steekt ook een Antonio zijn kop door de gleuf; ik probeer me in een soort Latijn te verontschuldigen, maar dat begrijpen ze natuurlijk weer niet. Stommelingen. Toevallig weet ík waar de naam *Amaretto* vandaan komt. Toch voel ik dat ik maar beter weg kan gaan.

Vlak bij de Suzuki zie ik nog twee tenten staan. Ik loop er heen en kijk. Voor een van de tenten ligt een kroeskam. De kroeskam van Silke! *Ik heb gezocht, ik heb gevonden.* Ik luister of ik gekreun hoor, of gesnurk, maar ik hoor niets en zeg zacht haar naam. Een vrouw die bij de caravan naast de tent in gaslicht aan het klaverjassen is, roept dat ze naar het dorrup toe zijn. *Doe wat je moet doen.* Ik bedank de vrouw en ren naar de Suzuki. Fräser slaapt nog en ik start de wagen. Nu en hier wéér een Trojaanse oorlog.

Dat het tussen jou en mij.

Je zat in kleermakerszit op je bed, je praatte zacht tegen Kafka, die voor je in zijn kooi lag, en ik stond tegen de vensterbank geleund. Op je kamer was het een troep: lege drankflessen, blikken beschimmelde ananas, peuken op het tapijt en slingerende zakjes Libanon. Aan de muur hing een ingelijste foto uit *de Volkskrant* van een slappe lul die uit de gulp van een spijkerbroek hangt.. Ik dacht: ik moet het *nu* zeggen, en ik zei het.

Je riep: 'Dat kan niet,' en: 'Ik wil het niet.'

Ik zweeg en toen zei jij zomaar nee, en ik ja, en jij weer nee, en ik dat je toch verliefd was op Rocco, en jij dat je nooit meer met hem naar bed zou gaan, en ik dat het daar allemaal niet om ging; want dat het gewoon niet meer 'liep'. Tussen ons.

'Jezus, Reza, dat is toch niet het einde van de wereld?'

Je begon te schelden en me verwijten te maken en te huilen en je kwam naar me toe.

Je zei: 'Ronald.'

Ik zei: 'Reza.'

En je probeerde me te omhelzen om ons met één grote, snotterige we-houden-eigenlijk-heus-nog-wel-van-mekaar-scène toch nog een keer te verenigen en het toch nog een keer te proberen. Ik hield je van me af. Je werd eerst heel verontwaardigd en toen boos en toen begon je me te meppen. Ik zei: 'Doe eens even rustig,' maar je probeerde me te stompen en te schoppen. Toen je je nagels in m'n arm zette, raakte ik je gezicht. Gewoon, ik raakte je gezicht.

Je zei: 'Ooohh,' keek me met grote ogen aan, en liet je daarna snikkend naast Kafka zakken. Ik zei: 'Reza,' maar je vertikte het om iets terug te zeggen, het was erg gezellig. Af en toe huilde je, af en toe zei je zachte dingen tegen Kafka; ik bekeek de lul aan je muur en ruimde zo nu en dan iets op. Soms, om te pesten, verpropte je velletjes *Cosmopolitan* en wierp die in je kamer.

Ik zei: 'We kunnen toch -'

En jij zei: 'Hou je bek.'

Je had nog iets leuks voor me in petto: toen ik aanstalten maakte om weg te gaan, stond je plotseling op en rende naar me toe. Ik zette me schrap, maar je liep langs me heen en draaide je deur op slot. 'Leuk, Reza.'

Met de sleutel liep je naar je raam en je deed alsof je hem naar buiten wilde gooien. Toch was dat niet het meest pathetische dat je kon bedenken. Toen ik riep: 'Ja Reza, moet je vooral doen, Reza,' begon je te glimlachen en je liep naar je bed, trok je slip uit, ging liggen, spreidde je benen en liet de sleutel verdwijnen.

'Kom hem maar halen.'

Eigenlijk vond ik het een hele goeie. Ik dacht op dat moment: wat kan ik dit goed gebruiken voor een verhaal. Prachtig. Zoiets verzin ik nooit. Ik zei:

'Jij bent gek.'

En jij zei: 'Ja,' en daarna het kinderachtige, gemeende, hartverscheurende, schrijnende, tragische, lieve, ijselijke, eerlijke, aandoenlijke, vertwijfelde, genaakbare: 'op jou.'

Onderweg van de camping naar Souillac word ik zo kregel van die acidhousehiphopherrie almaar door, dat ik de cassette uitzet en overschakel op de radio. Fräser mompelt wat, maar blijft als een ongeboren baby in elkaar gekruld.

Eenmaal in het dorp zijn we onmiddellijk in het centrum. Er zitten mensen op terrassen en er spelen bandjes. Gezellig hoor. Ik rol de wagen stapvoets langs de cafés, overal kijk ik naar de meisjes uit, het hele dorp rij ik rond, maar ik zie ze niet. Ik merk dat sommige straten provisorisch zijn afgesloten. *Hier is iets aan de hand.* Na een derde rondje door het dorp bewijst de klote-Suzuki eindelijk zijn waarde als het me lukt hem langs een lage afzetting van de weg te wurmen en een verboden steeg in te rijden. De steeg leidt naar een pleintje. Er lopen vele jongeren en ik hoor muziek. *Ze moet hier zijn.* Ik zet de wagen stil omdat ik niet meer verder kan; Fräser wordt eindelijk wakker en kijkt verwonderd om zich heen.

'Waar zijn we?'

'Souillac,' zeg ik, ik stap uit, en als ik het plein oploop hoor ik nog net dat de radio de Marseillaise begint te spelen.

Allemaal mooie, jonge mensen. Ik sta aan de rand van een swingende en springende menigte; er is een openluchtfeest en F.Y.C. dreunt over het plein.

Fräser komt mij achterna, tikt me op mijn rug en vraagt: 'Wat bedoel je nou Souillac? Hoezo Souillac?'

Ik haal m'n schouders op en kijk zoekend om me heen.

'Verdomme Ronald, ben je teruggereden? We hebben bijna geen geld meer en bijna geen benzine. Wat ben je nou aan het doen man?'

'Ik ben op zoek naar iemand.'

'Attenoie. Hij is op zoek naar iemand.'

Ik begin over het plein te lopen door de feestvierende mensen en Fräser loopt met me mee. Silke zie ik niet.

'Wat heeft dit allemaal te betekenen?' zegt Fräser drie keer achter elkaar. Bij de derde keer haal ik diep adem.

'Fräser, luister. Wat heeft dit allemaal te betekenen? Ik heb zonder enige voorbereiding op jouw aandringen al mijn werk onderbroken om met een klein kutwagentje in elf uur van Nederland naar een onbenullig familieriviertje in Frankrijk te rijden, ik heb mijn leven gewaagd in een tot op de vezels versleten tweepersoonskano, waar ik met jóu in ben gaan zitten, ik ben meerdere malen bijna verdronken, al mijn spullen zijn klam, ik heb moeten slapen op een zeiltje en tussen drollen in staat van ontbinding, twee maal heb ik mij, na door jou te zijn natgespetterd, als een monnik gemarteld in een wak van het ochtendstroompje, als doekje voor het bloeden heb ik de allermooiste negerin van de hele wereld ontmoet, ik heb met haar gezoend langs het water en later ben ik met haar verdwaald omdat we vertrouwden op jouw richtinggevoel, uiteindelijk ben ik haar kwijtgeraakt omdat jij, wat je al lang van tevoren had bevroed, overspel pleegde en daar wroeging over kreeg, ik heb vervolgens eendelever moeten vreten, en varkenshersens en worst van pens, ik heb toespraken moeten aanhoren over door liefde en verliefdheid geïnspireerde heldendaden en grote opofferingen en weet ik veel wat voor gez*ei*k, ik heb in het pikkedonker een bijna-ongeluk gehad omdat jij die verrotte VISA-kaart van je moeder kwijt bent geraakt – en al deze ontberingen heb ik alleen maar gedragen om jou je honger naar groots- en meeslependheid te helpen stillen. En nu ga jíj mij vragen wat dit te betekenen heeft? Vriend, het antwoord is heel simpel: ik ben op zoek naar Silke.'

Fräser zwijgt, legt zijn hand op mijn schouder en zucht.

'Another fine mess you've got us in, Stanley.'

'Jongen,' zegt Fräser, '*Ga*. Zoek haar. Ik vermaak me wel. Ik loop in de tussenliggende tijd terug naar de auto, ik pak mijn blocnote en ik componeer voor Samarinde HET ALLERMOOISTE, ALLEREERLIJKSTE, ALLERONTROERENDSTE, ALLERDOORLEEFDSTE LIEFDESEPOS TER WERELD OOIT GESCHREVEN. *Edgar en Samarinde*, dat zal een begrip worden in de wereldliefderatuur, ik zweer het. Ik ga me helemaal kapot schrijven. Ronald, ga nu, zoek! Apporte!'

En met Fräser-intonatie: 'Doe het voor mij.'

En als hij bij de kleine Suzuki staat: 'O, en trouwens; ze staat dáár.'

DAAR:

Haar haar in een band.
Strak zwart T-shirt.
Wielrennersbroek.

Oegandese verschoppeling. Verloren prinses. Gestrandjutte parel. Saffieren schoonheid. Mauve mooie. Purperen pracht. Black beauty. Nachtschade, Draupadi, Delila, Eloïse, Maude, Eva, allemaal en nog veel meer. Daar staat ze. In het midden van de houten dansvloer met haar handen in haar zij; ze schudt haar haar los. Ze ziet mij niet en ik bekijk haar ongegeneerd. De gewoon even tedere zoenster, de maïsveldwringster, de samentandenpoetster. Haar hele lichaam beweegt ze achteloos op de muziek. Dan zingt Prince *Kiss* – en ik hou me niet meer in.

Ik roep haar naam.

Ze draait haar hoofd en kijkt.

'Rooonald.'

En de menigte louter mooie, geile, roodverbrande, jonge mensen wijkt uiteen en à la Mozes loop ik, *nee*, schrijd ik onversaagd naar haar toe; ze slaakt een gilletje, stapt in mijn richting, spreidt haar armen en grijnst. Als we tegenover elkaar staan, houden we onze pas in en kijken we elkaar aan, triomfantelijk en afwachtend. Dan komt ze heel erg langzaam dichter bij me, legt tergend langzaam haar beide handen om mijn hals, haar nagels in mijn nek, en strekt zich gewelddadig langzaam naar me toe. Haar lippen raken de mijne. Heel even. Heel teder.

Onmiddellijk kijkt ze me aan. In het donker haar ogen. Weer de overweldiging van haar geur, haar lippen en haar mond. Jasmijn, satijn en ambrozijn. Een subliem moment.

Ze zegt zacht: 'Ik hoopte zo dat je zou komen,' en ik zeg dat ik haar miste, en zij springt vrolijk op, zwaait haar benen om me heen en zoent me hartstochtelijk. We staan in een mozaïek van draaiende spotlichtkleuren, langzaam schuifel ik rond, de muziek zwelt aan en ik denk: Verdomme, nu te sterven.

En Jezus, mijn gemoed schiet vol. Dat ik niet een potje ga zitten janken tussen al deze zomerkleurendiscokinderen. Silke knijpt me vast en ze knijpt me fijn, de tijgerin, de allermooiste tijgerin van de hele wereld. Ze zegt: 'Ronald, Ronald,' en ik laat haar niet meer los, verdomd dat we elkaar helemaalhelemaal nooit meer loslaten. Deze hele godvergeten nacht haar warme lichaam, haar warme adem, haar geur, hier op dit plein, op het midden van deze dansvloer, wij. Dronken van verliefdheid zullen we dansen, omhelzen, zwalken, dat is het woord.

We drinken wijn, ze wijst me Nadine, die een nieuw vriendje heeft (daar moet je toch van jánken, Edgar?), en we zeggen constant allemaal 'verkeerde dingen'. Ik bedoel: *wij*-dingen. *Zij en ik samen*-dingen. *Duitsland danwel Holland*-dingen. En van de wijn worden we nog aanhankelijker (en ik ook weemoediger) en zonder gêne geilen we elkaar midden op de dansvloer op. De muziek helpt mee (uitgerekend *Addicted To Love* van Robert Palmer), en het is een goed gevoel: iedereen op dit feest is mooi en in de bloei, maar wij, Silke en ik, zijn op dit feest onweerlegbaar de mooisten, de in de bloeisten, de sterksten, de onoverwinnelijksten, en uiteraard ook de lekkersten, de geilsten. Men kijkt naar ons, en terecht.

Dan – als een bezegeling – schalt Madonna door de zwoele nachtlucht: 'Strike a pose!' en Silke stompt mij in mijn zij: *ons nummertje*. Grote stroboscopen flitsen aan. Silke trekt zich naar me toe – en wat rest me dan een ongeremde, hartstochtelijke *vogue* en plein public.

*Uitdagend. Verleidend. Beetpakkend. Bijtend. Grijpend. Knijpend. Ik kus Silkes hals. Zij legt haar handen op mijn heup. Haar benen verstrengelen met de mijne. Ik pak haar middel. Zij stopt haar tong in mijn oor. Haar hand trekt aan mijn riem. Mijn vingers strelen haar rug. Ze zingt mee met Madonna. Ik zing mee met* haar. *Haar nagels krassen op mijn overhemd. Mijn handen leg ik op haar wielrenbroek.* 'It doesn't matter if you're black or white, if you're a boy or a girl, if the music is pumpin' it will give you new life!' Ogottogot.

Ik kijk om me heen naar het belachelijke decor, naar de springende en swingende kinderen in het repeterende flitslicht, *terwijl Silke haar mond op mijn buik voguet.*

*Haar hand op mijn rug. Mijn handen over haar zwarte T-shirt.* Waar doen we moeilijk over? *Mijn handen ónder haar zwarte T-shirt. Haar vingers op mijn benen. Haar borsten in de kommen van mijn handen. Ik streel bpm's-gewijs haar tepels.* Haar tepels, Jezus. Haar jonge-vrouwentepels, haar jonge-vrouwenborsten, haar jonge-vrouwenhals, haar jonge-vrouwenbuik, haar jonge-vrouwennavel; ik moet goddomme aan Reza denken, Reza, Reza - maar Silke knijpt me in mijn spijkerbroek, de ware duivelin, en ik vergeet. God how sex implores you to let yourself lose yourself. *Ik trek aan Silkes T-shirt. Ze voguet haar armen omhoog. Ik help haar haar T-shirt uitvoguen. Zij scheurt grijnzend mijn overhemd open en ik zwaai het à la John Travolta over de dansvloer.* What the fuck. Opgaan in een vrouw. Vallen voor een fataal meisje. Jezelf in haar verliezen, puur verliezen. *Haar blote meisjeslichaam tegen mijn blote jongensborst. De plakzoen.* 'Ladies with an attitude, fellas that are in the mood, don't just stand there, let's get to it, strike a pose, there's nothing to it!'

Het nummer van Madonna loopt af en de stroboscoop stopt. Toch voguet iedereen om ons heen onverstoorbaar verder. Allerlei houdingen. *Wijzend. Uitwijkend. Opgewonden. Schreeuwend. Lachend. Blozend. Roepend naar ouders. Verontwaardigd. Hoofdschuddend. Lekkerbekkend.*

En alsof God dan toch bestaat, gaan de rode spots aan en draait de DJ (die de sfeer op de dansvloer aanvoelt, weet je, *aanvoelt*) dat hypergeile, ultiemlullige *Je t'aime, oui, je t'aime... moi non plus*.

Rustig (en heel onvolwassen) knoopt Silke mijn 501 open, en ik speel met het elastiek van haar wielrenbroek, terwijl we elkaar strak aankijken. Het onbeschrijflijk vrouwelijke. Ik streel haar met mijn vingers en zij steekt haar hand in mijn boxershort. Haar broek glijdt langs haar benen en ze springt eruit. Mijn broeken glijden langs mijn benen en ik stap eruit. De zachte stugheid van haar schaamkroes, haar schaamkrans, en haar vuist om me heen op het ritme van de muziek. Vrolijk pielen en kutten. Haar kittelaar, mijn rammelaar.

Alle kinderen van het dorpje en de campings staan, met hun ouders, om ons heen en ze juichen ons toe, of zoiets, ze klappen, ze leven met ons mee. De wereld een Bouquetreeks.

Silke gaat met haar rug naar me toe staan. Ik kus haar hals en streel haar borsten. Ze fluistert langzaam slechts vijf woorden: 'Ik wil je in me,' en ze neemt me weer in haar hand om me te begeleiden. Ik aarzel, verdomme, ik aarzel.

Jeugd, jacht, liefde, plezier en strijd: vele kostbare seconden verstrijken. Ik moet alweer aan Reza denken. Reza, goddomme, jij op mij. Ik op jou. Wij samen. Onze godvergeten onbevangen liefde. We zijn elkaar kwijt, het is een feit. Huil maar, Reza, ranke Reza, mooie amazoi. Het is voorbij. Het is voorgoed voorbij.

Ze manoeuvreert zich bijna op me, maar ik houd af. Ik vraag of ze het écht wil.

'Jajaja, *Mensch*,' zegt ze.

Ik aarzel nog steeds.

Ze zegt: 'Het kan niet, het is niet veilig, we moeten het niet doen, echt niet doen – en daarom moeten we het wél doen. Misschien dat jij, misschien dat ik, wat maakt het uit? Als jij met wat dan ook besmet bent, wil ik dat ook. Zo voel ik voor jou.'

Zo voelt zij voor mij.

'En als jij echt verrukt van mij bent, wil je hetzelfde.'

Wil ik hetzelfde.

'Om het me te tonen.'

Om het haar te tonen.

'Dat is echte liefde.'

'Fuck.'

Een oermoment. Een apotheose (een loutering, een katharsis, een peripeteia, een cognitio, weet ik véél). Ik beweeg langzaam in en uit haar en voel haar lichaam tegen me aan. Haar borstjes trillen, haar haar kietelt mijn gezicht en ik luister naar wat ze fluistert.

Ze fluistert dat het goed gaat en dat het heel lekker is en dat ze zo *blij* is dat wij elkaar kennen en dat het zo goed is dat ík haar heb gered en dat we bij elkaar moeten blijven en dat we desnoods elkaars buddy's maar moeten worden en dat ze wist dat dit ging gebeuren en dat ze dit altijd wil dit vrijen dit neujken en morgen weer en altijd en echt altijd en ik hoor niet meer wat ze zegt want ze spant en spint ik hoor haar gebrabbel, haar gesteun, haar gekir, haar gebroddel, gekreun, gezucht, gelispel, ge...

'Ronald, luister je?' vraagt ze. 'Luister je?'

Ik doe onmiddellijk rustiger aan, heel rustig nu. Langzaam is ook heel lekker. Ik zeg zacht: 'Wat?' Ze buigt haar hoofd naar me toe, zoent me, en vraagt lief: 'Hoe zeg je in het Nederlands *Ik hou van jou*?'

Ik zucht.

Ik zucht heel diep.

Ik zeg: 'Ik ook van jou.'